猫の耳に甘い唄を

倉知淳

Jun Kurachi

祥伝社

猫の耳に甘い唄を

装丁　高柳雅人
装画　ヒグチユウコ

この小説には〈犯人の書いた文書〉が登場する
それは間違いなく犯人の手によって記された文章である
繰り返し注意を喚起《かんき》しておく
〈犯人の書いた文書〉は紛《まぎ》れもなく
作中で起きる連続殺人事件の犯人が書いたものである
それは保証する
ただし内容が真実であるとは限らない
より正確を期するのなら
犯人はある重大な事実を隠匿しつつ　その文章を書いている
と明言しておこう
真実を書いている部分も多々あるものの
ある点に関しては執拗《しつよう》に隠そうとしている
そしてそれに付随して嘘《うそ》も少なからず紛れている
根本的な部分が嘘で塗り固められている
と表現してもいいだろう
読者諸賢におかれては
〈犯人の書いた文書〉が登場した際には
決して惑《まど》わされることなく
注意深くお読みいただくことをお勧めする

「つまり三人称で書かれた小説には視点人物が存在する。読者の代わりに見て、聞いて、考える、まあいってみれば主人公だね。一人称なら特にそうだけど、三人称の小説にはそういったポジションの登場人物が必要ってことだ」

冷泉彰成《れいぜんあきなり》はそう言って、ソファの背もたれに上体を預《あず》けた。

向かい合ったソファに座っている久高亨《くだかとおる》がそれに応じて、

「でも神の視点で描かれた小説もありますよね。すべてを俯瞰《ふかん》して、登場人物全員の心理を代弁するような」

冷泉はそれに頷《うなず》いてみせると、

「確かにそうした形式のものもある。純文学の方で割と使われる手法だね。ただ、私達がやっているのはエンタメ小説だ。分かり易さを第一義としなくちゃいけない。視点がちょくちょくとっ散らかったら読みにくくて仕方がない。視点人物はやはり一人に絞るべきだ。主人公の視点でストーリーが進行する、これが一番分かり易い」

「その方が読者に親切ってことですね」

と久高が言う。冷泉はまた頷いて、

「そう、もし三人称の主人公が殺人に手を染めたら、それを細かく描写すべきだ。作者の都合で省略しちゃいけない。刺殺、撲殺《ぼくさつ》、銃殺、轢殺《れきさつ》、すべてを生々しく」

物騒な単語が並んだのは、冷泉彰成がミステリー作家だからである。一応プロとして十五年程活動している。ただし、まったく売れていない。知名度なし、代表作なし、人気なし、増刷することなし。なしなし尽くしの作家だ。単行本の刊行部数も微々たるもので、良くて四流、悪ければ底辺。ほぼ無名のマイナーな存在である。二十五歳の時に、新人賞の佳作に引っ掛かってデビュー。世に出たものの、それからずっと売れないままだ。ミステリー業界の隅っこにかろうじて生息し、どうにか食い繋《つな》いでいる。

「幸いミステリーには、地の文で嘘を書いてはならない、という絶対的なルールがある。この掟《おきて》から逸脱すれば、たちまちアンフェアの烙印《らくいん》を捺《お》され、非難囂々《ひなんごうごう》の駄作扱いだ」

と冷泉は続けて、

「三人称の小説では、主人公が自身の心情を吐露《とろ》する場面も多くあるだろう。彼はこう思った、彼はこう感じた、彼はこう考えた、というふうに、読者が分かり易いよう丁寧《ていねい》に誘導するのがセオリーだ。だから、私がさっきから言っているのは、三人称の視点人物が犯人だったケースなら、それを作者の都合で隠したりぼかしたりするのはルール違反だってことなんだ。殺人場面もちゃんと描かなくちゃならない」

「けど師匠《ししょう》、ぼかしたり隠したりした作品にも名作はありますよ。例えばクリスティのあれとか」

そう久高が言うので、冷泉は応じて、

「クリスティはインタビューに答えてこう言っている。『事実を省いて書くことはアンフェアではない』と。ただしあの作品は主人公の手記というスタイルで書かれている。純粋な三人称小説ではないんだ。登場人物の手記ならば、その人物の意思によって意図的な省略が為されていても、それはテクニックの一つであってルールには反してはいない。私の言っているのは普通の三人称小説の話だよ」

「三人称小説なら、視点人物の心情と行動は全部素直に書くべきだ、ということですか、師匠。意図的に何かを省略するのは反則だと」

「正にその通り。さすが私の弟子《でし》。分かってるじゃないか」

冷泉は頷いて言った。

久高享は冷泉の弟子である。十程年下だから三十ちょっと前。どうしてまったく売れない四流作家に弟子などがいるのか、ということはとりあえず置いておこう。

作家志望の久高は、バイト生活をしながら新人賞に投稿を続けている。賞を獲ってのデビューを狙い、かれこれ十年。地道に投稿を繰り返しているのだ。

そんな久高に向かって、冷泉は話を続ける。

「意図的な省略ということで言えば、作者が読者を引っ掛けるための単なる道具に、登場人物が成り下がってしまうパターンがあるね。作者が叙述《じょじゅつ》トリックを仕掛ける都合があるから、普通ならば言及しなくては不自然になる事実に、登場人物が触れないでいるようなケースだな。しかし登場人物だって作中世界では生きているんだ。血の通った思考をさせないと人物像がちぐはぐになってしまう。だけどたまに、作者の都合だけで、作中人物に非合理な言動をさせているような作品も見受けられる。公言すべき事実をわざと書かないでいたりとかね。いずれにせよ、三人称小説で意図的に隠し事をするのは感心しないな。泡坂妻夫《あわさかつまお》先生がそれを逆手《さかて》に取って途方もない仕掛けの長編を一作書いているけど、あれは例外中の例外だ。三人称小説では作者の都合によって、情報をわざと隠すのがご法度《はっと》なのは間違いない」

と冷泉は得々と語って、

「例えば、こんな小説があったとしよう。主人公が車を運転している。男一人でだ。彼は田舎《いなか》の夜道を走っている。街灯もろくにない、舗装《ほそう》もされていない、草っ原のまん中の細い道だ。そんなでこぼこ道を、彼は車で走っている。ヘッドライトだけが頼りだが心細い、というような心理描写もある。道の細さと辺りの暗さが、その主人公の不安感を象徴している。実際彼は、不安と焦燥《しょうそう》で居ても立ってもいられない心理状態だ。びくびくと怯《おび》えながらハンドルを握っている。そこへ突然、ヘッドライトの中に人影が現れる。男はぎくりとする。慌てて徐行して通り抜けようとするが、人影は制服の警察官だった。駐在さんだね。自転車で夜の巡回に出ているようだ。警官によって男の車は止められる。初老の冴えない感じの警官だ。警官は『はい、ちょっと待ってね、免許証を拝見』と型通りの検問を始める。男は舌打ちしたい思いでそれに応じる。ここからは二人の応酬《おうしゅう》だ。『どこに行くの、こんな夜更けに』『気晴らしにドライブしているだけですよ』『こんな何もない田舎でドライブを?』『何もないからいいんです』『目的地は?』『特に決めてません』『こっちへ進んでも山しかないよ』『適当に引き返しますからお構いなく』『夜の道は危ないよ』『気を付けます』『狸《たぬき》が出るし、びっくりしてハンドル操作を誤る人もいる』『充分注意しますよ』というふうに、押したり引いたりするやり取りがある。その間、男はずっと焦燥感にかられている。イライラしている。もういいからどっか行けよ田舎の無能お巡りめ、と心の中で悪態をついたりしている。そのうち警官が言う。『ちょっと後ろのトランク、開けてくれるかな』『開けてどうするんです』と男は焦る。『ざっと確認するだけだよ』『怪しい物なんか何も入っていませんよ』『それを確かめるだけだから』『面倒だなあ』『そこを何とか、こっちも職務だから』『何もありませんって』『ちらっと見せてもらえればいいんだから』しつこい警官に、とうとう男は業《ごう》を煮やして『仕方ないですね、ちょっと見せるだけですよ』と車を降りる。そして、トランクに向かうために後ろを向いた警官の後頭部を、隠し持ったスパナでガツン。殴り殺す。死体と自転車を道から下の草原に転げ落として、男は一人呟《つぶや》く。『やれやれ、あんまりしつこいから死体が一つ増えた』実は車のトランクには、男の細君《さいくん》の死体が詰め込まれていた。夫婦喧嘩《げんか》の末に殺してしまい、山に死体を埋めに行く途中だったのだ、というオチ」

長々と喋《しやべ》ってから冷泉は、

「この小説、どこがダメなのか分かるね」

その問いかけに久高が頷き、

「主人公の心情が描かれているのに、肝心な部分を隠してあるところでしょう。奥さんの死体をトランクに入れているという」

「その通り。おかしいだろう。主人公の心の中は九〇パーセント以上、死体が見つかったら大変だ、という不安で占められているはずだ。警官とやり取りしている間ずっと、トランクの死体が気になって仕方がないはず。始めから終わりまで、ずっとね。ところがこの小説では、その事実を隠している。三人称の小説なのだから、主人公の心情は常に表に出ているはずなのに、オチを活かすという作者の都合だけで大切な部分を隠しているわけだ。語り手の意識の上に常にあることを、わざわざ書かないでいるのは不自然だろう。これは良くないね」

「僕がこう言ったら失礼かもしれませんけど、確かにいい出来ではないですね。面白くも何ともない。はっきり言ってしまえば駄作です」

久高の遠慮のない感想に、冷泉は半ば取り繕《つくろ》って、

「いや、即興だからね、仕方がないよ。私だって別に真剣に考えたわけじゃない」

「この作品、発表したら師匠の面目《めんぼく》が潰れます」

「発表なんかしないよ。そもそも私には潰れるような顔がない」

冷泉は言う。顔がないというのは、世間に顔を公表していないことも示している。冷泉は覆面《ふくめん》作家なのだ。経歴も素性《すじょう》もまったく公表していない。顔写真の一枚たりとも公《おおやけ》にしていない。正体を隠し、誰にも言っていない。ペンネームの陰に隠れて、本当の姿を見せないでいる。例えば高校や大学時代の同級生が気紛《きまぐ》れに、本名の佐々《さ さ》木彰《きあきら》とネットで検索したとしても、今の冷泉と結びつけることは出来ないだろう。ミステリー作家冷泉彰成は、正体不明の謎の人物ということになっているのだ。もっとも売れない無名作家なので、正体を気にする者などどこにもいないのだけれど。

「では、今日は久高くんに宿題を出そう。これまでの話を踏まえた上で、三人称の小説を書いてくること。題材は何でもいい。密室殺人でもアリバイ崩しでも日常の謎でも。とにかく三人称第三視点の小説、というのが条件だ。たまには師匠らしく指導もしないとね」

と言いながらも、久高の辛辣《しんらつ》な感想への意趣返《いしゅがえ》しの気持ちもちょっとあったりする。

久高は困惑《こんわく》した顔つきになって、

「今からですか」

「作家の心得第三十一条、すぐ書く良く書く速く書く、だ。そして作家の心得第十五条、依頼があった原稿には速やかに対応するべし。誰かが落とした穴埋めの原稿を急に頼まれることだってあるだろう。それに対応できる訓練もしておいた方が良い」

「参ったなあ、まあ師匠がそう言うんなら頑張りますけど」

久高が言うので、冷泉は壁に掛かったカレンダーを見上げて、

「今日が十一月一日。明日は土曜日だからきみもバイトは休みだろう。確か土日休みのシフトだったね。まだ夕方の六時だ。帰って書けば、明日の朝には脱稿する」

「えっ、宿題ってそこまでタイトな〆切《しめき》りがあるんですか」

「すぐ書く良く書く速く書く、だよ、久高くん」

「うへえ、ヘビーだなあ」

と久高は顔をしかめて、

「師匠はどうするんですか、今夜は」

「もちろん仕事だよ、徹夜で原稿だ」

「でも、太平洋《たいへいよう》出版さんの〆切りにはまだ間がありましたよね」

「先回りして書いておくんだ。作家の心得第十二条、〆切りよりずっと早く原稿は仕上げておく

べし。前もって用意しておけば尚良し、だね。〆切りより前に原稿を渡す習慣をつけておけば、編集さんに、この作家は安心して任せられるな、と思ってもらえる。編集さんの信頼を勝ち取っておいて損なことは一つもないだろう」

「なるほど、勉強になります、師匠」

と久高が笑って言う。師弟《してい》関係が半分冗談だと分かっている顔つきだ。

冷泉も笑って、

「さて、仕事の前に腹拵《はらごしら》えだ。何か食べに出るのは面倒だけど、デリバリーは余計にお金が掛かるからなあ。駅前の中華屋の店員さんがかわいいから、あの子の顔を拝みに行こうかな。それともトンカツ屋のバイトの子も美人だし、そっちにしようか」

「師匠、四十直前の独身男が女の子目当てで店を選ぶのは、正直キツいです」

「いいだろうそれくらい。男は幾つになってもかわいい女の子が好きなんだよ」

「それ、外であんまり言わない方がいいですよ。近頃はコンプライアンスが厳しいから」

「そんなの知ったことか。我が国には看板娘という美しい言葉がある。古くからの伝統を守って何が悪いか」

「変なところで頑固《がんこ》だからなあ、師匠は」

「あ、それとも弁当屋にするか。商店街の〝さがみ屋〟だ。あそこの女の子もかわいいな、いつも愛想《あいそ》が良くて」

冷泉が言うと、久高は急に真顔になって、

「あれ、師匠、知らないんですか」

「何を？」

「弁当屋のバイトの女の子、亡くなったそうですよ。二週間くらい前に」

＊

翌朝、日付が変わって十一月二日。土曜日の早朝のことだ。

冷泉はまだ夜が明けやらぬうちに、徹夜で仕上げた原稿をメール添付で送信した。土曜日で、しかもこの時間、出版社に人がいるはずもない。しかし、向こうのパソコンには時刻が記録されるはずだ。徹夜で仕事をする冷泉の誠意とやる気を印象付けることが出来る。それが肝要だ。

執筆で熱を持った頭をクールダウンするために、早朝のテレビのニュースをぼんやりと眺めていると、久高がやって来た。六時過ぎのことだった。

人を訪れるには非常識な時間だけれど、冷泉が普段から昼夜逆転生活をしているのは向こうも知っている。この時分は徹夜作業が終わった頃合いだと、久高も承知しているのだ。

久高は挨拶《あいさつ》もそこそこに、USBメモリのスティックを渡してきて、

「宿題をやり遂げましたよ。完全に徹夜だったんですから」

冷泉はそれを受け取って、

「お疲れさま。私もさっき原稿を上げたところだよ」

「徹夜はお互いさまってわけですか。けど、苦労しましたよ」

「よくやった、誉《ほ》めて遣《つか》わす」

「苦心のご褒美《ほうび》が師匠のお言葉だけじゃ、何だか報われないなあ。じゃあ、僕はくたびれたんで寝ますよ」

ぼやきながら久高は帰って行く。同じ笹塚《ささづか》に住んでいるので、歩いて行き来できるのだ。

冷泉は早速、宿題を読むことにする。

こうしてたまに弟子の作品を読んだりする必要上、二人は同じメーカーの文書作成ソフトを使っている。互換性があるからメモリスティックを差し込むだけで、すぐに文書ファイルを読み込むことが出来る。

原稿は短編小説だった。

原稿用紙換算でおよそ二十七枚。

本当に宿題を一夜で仕上げて来た。投稿生活十年の作家志望者の意地を見せられた気がする。

普段はちゃらんぽらんで呑気《のんき》な久高だが、こと小説に関しては割と真面目《まじめ》に取り組んでいる。

内容も意地を見せていた。

夜中に車を運転している男が、警官に検問を受ける話である。

昨日の冷泉の即興ストーリーをなぞっている。

なかなか小癪《こしゃく》なことをする弟子である。冷泉はにやつきながら原稿を読み進めた。

ストーリーをなぞるだけではなく、冷泉の話にあった三人称視点の問題を捻《ひね》って叙述トリックを仕掛けていた。オチは、視点人物が実はトランクに詰め込まれた死体の幽霊《ゆうれい》だった、というものだった。

小説は何でもありだ。何をどう書いても構わない。幽霊が視点人物でも何ら問題はない。

結構ツイストが利いたラストで、冷泉はちょっと感心してしまった。やってくれるではないか、うちの弟子は。

これだけ器用なのに、どうしたものか久高はモノにならない。十年投稿しても、最終候補にすら引っ掛からない。何かが足りないのかもしれない。といっても、具体的に何が不足しているのかまでは冷泉にも分からない。だから細かいアドバイスが出来ないのがもどかしい。もっとも、他人の技術面を補える程の腕があれば、冷泉の方がとっくに売れている。こちとら十五年も四流作家をやっているのだ。弟子の育成なんぞ出来るはずもない。

その久高が弟子になったのは昨年の四月。一年半と少し前のことだった。

本来、作家と名乗るのもおこがましい程売れていない冷泉が弟子を取るなど、ちゃんちゃらおかしいことなのだ。しかし巡り合わせというのは奇妙なもので、こうして形の上では弟子を持っている。

きっかけは、冷泉の伯父《おじ》だった。

正体不明の覆面作家の冷泉といえど、さすがに身内にだけは実態を知られている。そこで伯父の知人という人が登場する。この知人とやらは本業が何なのか知らされていないけれど、とにかく矢鱈《やたら》と顔が広いのだそうだ。その人脈に、冷泉も一度助けられたことがある。

冷泉は大学在学中から作家志望だったが、息子が無職の穀潰《ごくつぶ》しになるのは恥ずかしいと親に泣きつかれ、渋々就職活動を始めた。しかし四年の後期になってから腰を上げても、まともな勤め先など見つかるはずもない。そこで伯父の紹介で、顔の広い知人の世話になった。冷泉自身は会ったこともないけれど、顔の広い知人はあっという間に伝手《つて》を辿って、就職先を決めてくれた。映像制作会社の脚本部である。持つべきものは顔の広い伯父の知人だ。

しかし、冷泉にはやはり会社勤めは性《しょう》に合わなかった。ミステリー作家になりたい。その夢が捨てられず、三ヶ月で会社を辞めてしまった。伯父と、その顔の広い知人の顔を潰してしまったことになる。顔の広い知人の顔を潰したらさぞかし面積が広くなるだろうな、などとくだらないことを考えつつも、不義理を申し訳なく思った。

数年後、冷泉は新人賞の佳作に引っ掛かり、念願のプロデビューを果たした。その後はずっと、鳴かず飛ばずの低空飛行を続けてはいるけれど。

あの就職騒動から二十年程が過ぎた。

伯父を介して、例の顔の広い知人からコンタクトがあった。顔の広い知人はさらに顔を広げているらしい。ある知り合いの親類の息子が三十近くにもなって作家志望なのだが、現在のところ箸《はし》にも棒にも掛からない状態なので誰か先生を見つけて指導してもらいたい。ついては冷泉にその先生になってもらえないだろうか、というオファーが来たのだ。冷泉にしてみれば、自分が売れてもいないのに弟子も何もあったものではない。だいたい明治や大正の文豪でもあるまいし、作家が弟子を取るなんて今時聞いたこともない。そう言って断ろうと思ったのだが、何せ二十年前に顔を潰している。不義理を働いた負い目があるので、無下《むげ》に扱うのは気が引けた。それでとりあえず会うだけ会ってみよう、という話になった。義理でお見合いするのと似たような流れである。

そんな次第で冷泉は桜の咲く頃、宮城《きゅうじょう》のお堀のすぐ近くにあるホテルへと向かった。都内でも有数の老舗《しにせ》高級ホテルである。こんな格式の高いホテルには立ち入ったことなどついぞない。そこのラウンジで待ち合わせである。

広々として優雅な空間は高級感たっぷりだった。冷泉は普段着の、ネイビーのカーゴパンツに黒のトレーナーという出で立《いでた》ちだった。物凄く場違いで恥ずかしく感じた。といっても、出不精《でぶしょう》の冷泉は小洒落《こじゃれ》たジャケットなど持っていないのだから仕方がない。このためにわざわざ買うのも業腹《ごうはら》なので、意地になっていつもと変わらぬ服装で来たのだ。

テーブルに冷泉の新刊本を置いておくのが、待ち合わせの合図だった。相手はよせばいいのに矢鱈と目立つように、本を立てて置いていた。見つけた時には恥ずかしくて冷や汗が出た。

そのテーブルに一人で着いているのは、話に聞いていたように三十くらいの男だった。微笑んだ目に、不思議な愛嬌《あいきょう》がある。

テーブルに近寄り立ち止まった冷泉に、愛嬌のある青年は突然、

「冷泉先生、歩道を工事している場所を通る時には、できるだけ脇に避《よ》けた方がいいですよ。うっかりふらついたりでもしたら、穴に落ちてしまいます」

そう声をかけてきた。冷泉がぽかんとして突っ立ったままでいると、相手はくしゃっと笑って
さらに愛想のいい表情になり、
「失礼、先生の右足の靴、湿った泥《どろ》が付いていますよ」
言われて冷泉は、右足を大きく一歩前に踏み出して確かめてみる。なるほど、爪先に泥が付着
している。相手もそれを見ながら、
「先生は鍵《かぎ》を弄《もてあそ》びながらラウンジへ入って来ました。今さっきまで使っていたという様子で。
しかしこのホテルの鍵でないことは一目見て分かります。長い棒状のアクリルのキーホルダーが
付いていないからです。では仕事部屋か自宅の物でしょうか。いや、失礼ながら先生は、こんな
都心のまん中に自宅を持てるような大金持ちの売れっ子ではありません。そうすると、ラウンジ
に来る直前まで使っていた車のキーと考えるしかない。先生は車でホテルまで来た。しかしホテ
ルの駐車場を使うでしょうか。いや、ここの地下駐車場は法外に高い。高級ホテルですからね。
常識的な経済観念の持ち主ならば、ここの駐車場を使うのは避けるはずです。近くのコインパー
キングに駐車するのが普通でしょう。先生はそこへ車を駐めて、歩いてホテルまでやって来たに
違いありません。そして靴の爪先に泥が付いている。まだ湿っていることから、パーキングから
ホテルに来るまでに付着したのは明らかです。しかしこの近辺はすべて舗装されて土が剝《む》き出し
になった場所などありません。時間より早く着いたので日比谷《ひびや》公園をぶらついていたとしても、
ここ数日は晴天続きですから、湿った土を踏むこともないでしょう。公園内には大きな池が二つ
ありますが、どちらも生け垣と柵で囲われていて近づくことは出来ません。唯一水で湿っている

噴水広場も、地面は石畳《いしだたみ》で覆《おお》われているから泥で汚れることはあり得ない。となると、公園内で泥が付着したとは思えない。コインパーキングからの途中の道で、土が剝き出しになった場所を歩いたと考える他はないのです。湿った土が露出しているのは、この近くでは舗装を剝《は》がして工事している場所しか考えられません。しかし車輛《しやりよう》の流れを止めて車道を工事するのは、こんな日中にはやらない。深夜に車の流れが少ない時に施工しないと、渋滞を起こしてしまいます。だから工事をしているとしたら、歩道を掘り返す小規模なものに違いない。水道管かガス管の補修で、穴を掘っているのでしょう。先生はその近くを通った。しかし大きく避けるのが億劫《おつくう》で、通行止めのボード近くぎりぎりのところを通ったに違いありません。そうでなくては掘り返して出た湿った土を踏んでしまうことはありませんからね。だから僕はご忠告申し上げたのです。できるだけ脇に避けて歩かないと危ないですよと」

長広舌《ちようこうぜつ》を振るって、相手はにっこりと笑った。

「初めまして、久高亭といいます」

青年は立ち上がると、丁寧にお辞儀をした。

これが久高との出会いだった。

冷泉は、行動をずばりと言い当てられたのに圧倒されたまま席に着いたが、いつまでも茫然《ぼうぜん》としている訳にはいかない。気を取り直して、せっかくだからと一番高価なアフタヌーンティーセットを注文した。相手の都合で会っているのだから、当然勘定《かんじよう》は向こう持ちだろう。

冷泉は改めて久高に質問する。

「きみは作家になりたいんだって」

「なりたいです」

と久高は即答して、

「もう八年、新人賞に投稿を続けています」

「それは聞いたよ。でも作家なんて儲《もう》からない商売だよ。現に私なんか食うのにやっとだ」

「覚悟の上です」

久高はまっすぐに、冷泉の目を見て言う。ここまで素直だと困ったものだな、と思いながら冷泉は、

「そもそも作家なんてまともな神経じゃやっていけないよ。これは編集者さんからの又聞きだけど、ある有名な女性作家は仕事の原稿を書いた後で、息抜きに趣味のBL小説を書きまくるそうだ。さる著名な恋愛小説の大家も仕事に追い立てられる合間に、趣味の歴史小説を書くらしい。どこにも発表するつもりもなく、純粋に楽しみのために。作家なんてそんな変態ばっかりですよ。小説の〆切りに青息吐息《あおいきといき》になりながらも、時間を盗んで趣味の小説を書く。はっきり言って奇人変人の類《たぐい》だ。書かないと死んじゃう生き物だよ。そんな変態に、きみはなりたいのかい」

少し脅《おど》してみても、久高はまっすぐな目のままで、

「なってみたいです」

「意気込みはいいけど、私なんかの弟子になってどうする。売れないミステリー作家なのに」

「ミステリー作家になりたいんです」

「それにしたって、もっと有名な人や売れてる人を紹介してもらえばよかったのに。どうして私みたいにキャリアのない者のところに来るんだい。業界じゃ私はまだ若僧《わかぞう》だよ」

「若い者は若い者同志ですよ」

久高はにんまりと笑って言った。

その一言に、冷泉は思わず息を呑んだ。

それはあの安吾《あんご》の『不連続殺人事件《ふれんぞくさつじんじけん》』で、名探偵巨勢博士《こせはかせ》が主人公の小説家に弟子入りする際に口にした台詞《せりふ》ではないか。『不連続殺人事件』は、冷泉の偏愛するミステリー十傑の中の一冊である。

この名台詞を決められたら断るに断れない。

こうして冷泉は久高を弟子にすることにした。ただし、正式に弟子というのは照れがある。売れない四流作家に弟子など、ちゃんちゃらおかしいからである。仕事場に出入りすることを許可して見習いになる、という線で妥協することにした。

「それと、先生呼びはやめてくれ。私はそんなに偉くもないし、柄《がら》でもない」

冷泉が言うと、久高は首を傾《かし》げて、

「では、どう呼べばいいんでしょうか」

「何とでも、好きなようにしてくれよ」

「じゃ、師匠と呼びます」

「それも変だな、噺家《はなしか》みたいだ」

「でも、他に呼びようがありませんよ」

久高が言い、冷泉は渋々これも妥協することになった。

「では、よろしくお願いします、師匠」

と久高は、テーブルの上の伝票をこちらに滑らせて寄越《よこ》した。

「弟子に奢《おご》らせる師匠なんていないでしょう」

そう言ってまた、久高は愛嬌たっぷりに笑った。ちゃっかりしている。冷泉は呆《あき》れる他なかった。

話を聞いてみると、久高はバイトで生活を支えながら投稿を続けているという。そのアルバイトというのが変わっていて、なんでも新宿《しんじゅく》歌舞伎町《かぶきちょう》の東の外れにあるスマートボールの店で店番をやっているのだという。

「スマートボールってあれかい、あの温泉場なんかにある、白いガラス球をパチンコみたいに平らな台に転がす」

冷泉が尋ねると、久高は、

「そうです、それです」

「そんな店に今時、客が来るものかね」

「来ませんよ、だから暇でいいんです」

久高の説明によると、店のオーナーが近隣一帯のパチンコ店や違法すれすれのスロット店や麻《マー》雀《ジャン》店などを牛耳《ぎゅうじ》っている経営者なのだという。違法すれすれというのも実は疑わしいもので、実際は完全に法律を無視しているのではないかと久高は読んでいるらしい。所謂《いわゆる》闇カジノである。大変怪しい。その怪しいオーナーが税金対策のために、スマートボールもやっているわけだ。店は赤字で構わない。一生懸命経営努力をしているのに収益が上がらないのだ、というポーズを税務署に見せるための店なのだという。

だから店番の久高は、日がな一日カウンターの内側で座っているだけ。読書に耽《ふけ》ったり小説のアイディアを練ったり、朝から夕方までのんべんだらりんと過ごす。浮き世離れしたアルバイトもあったものだ。土日と夜は他のバイトが来るから、久高のシフトは平日の朝から夕刻まで。

そんなわけで、久高は毎日夕方五時頃に冷泉の仕事場に顔を出すようになった。

独り身の気軽さで、仕事場のある笹塚に引っ越しまでして来た。さすがにご近所に住むのは避けるという節度は持っているらしく、駅を挟んで反対側にアパートを借りた。それでも徒歩で通える距離である。久高は毎日、歩いてやって来る。

冷泉は完全な夜型の生活をしていて、深夜に仕事に集中する。その代わり朝から夕方まではベッドに入っている。昼夜逆転の毎日だ。久高が訪れる夕方五時頃は、冷泉にとって一日の始まりの時間帯である。そこで一時間程、無駄話に興じる。大抵は実のない馬鹿話に終始する。これが冷泉にとっては良いアイドリングになる。眠っていた脳を活性化して、創作のちょうど良い準備運動になっている。

この無駄話の積み重ねが、師弟関係の実態だ。冷泉は特に何も教えてはいない。たまにミステリー談議などもするけれど、冷泉とて人に何か教えられる程のものを持っていない。そんなものがあったら自分がとっくに売れている。

売れない四流ミステリー作家に弟子がいるなどと、世間には恥ずかしくて公言できない。だから周囲には黙っている。雑用などもやってくれるから、仕事のアシスタント兼作家見習い、という名目にしている。

あのホテルで奢らされた出会いから一年半と少し。久高はまだ新人賞を獲ってはいない。『不連続殺人事件』の巨勢博士は、探偵の天才だが小説はヘタクソという設定だ。久高も似たタイプだとしたら目も当てられない。そもそも、売れない無名作家の冷泉に弟子入りしようという料簡《りようけん》が間違っていると思う。

それでも久高はこつこつと、投稿用の小説を書き続けている。

*

「うーん、やっぱりここのコーヒーは一味違いますねえ」

と渡来《わたらい》紗央莉《さおり》が感心したように言った。おっとりのんびり喋るのが彼女の特徴だ。

「そうでしょう、豆が特別製ですから」

向かいのソファに座る冷泉彰成は、自慢を込めて答えた。

冷泉の仕事場ではコーヒーにだけは凝っている。駅前のコーヒー専門店で焙煎《ばいせん》したての豆を買ってきて、飲む直前に挽《ひ》いて最上のコーヒーメーカーで淹《い》れる。素人《しろうと》がドリップするより、高品質の機械に頼った方がいい。冷泉は下戸《げこ》なので、コーヒーだけはうまい物を飲みたいのだ。経済的に余裕のない、清貧作家の唯一の贅沢《ぜいたく》である。

「冷泉さんのところに寄ると、このコーヒーが頂けるのは役得ですよねえ」

と渡来は満足げに、のんびりとした口調で言う。

彼女は冷泉の担当編集者だ。太平洋出版という中堅どころの出版社に所属している。大手ではないが堅実に、読者に喜ばれる文芸書や娯楽《ごらく》小説などの書籍の編集をし、一方でアグレッシブで攻めた、世相を斬る社会派の本も手がけている。

渡来は編集部でも若手で、久高よりもさらに四つか五つ程年下だ。まだ若いけれど仕事に情熱を持ち、クオリティの高い本作りを目指す熱心な編集者である。冷泉の本も真摯《しんし》に作ってくれている。

その仕事に一途《いちず》な編集者は、コーヒーをもう一口飲み、

「ただ、カップがちょっと素っ気ないっていうか、もう少し飾り気があってもいいんじゃないでしょうか」

「質実剛健です。見た目より中身ですよ」

冷泉は力を込めて答えた。

この仕事場のコーヒーカップは、コーヒーショップの粗品《そしな》である。駅前にDコーヒーという全国チェーンの店が出来た時、サービスで配っていた物だ。毎朝先着五十名様に特製カップをプレゼントと銘打ったキャンペーンに、バイトに出勤する前の久高に頼んで一週間通ってもらった。

お陰で同じカップが七つ手に入った。まっ白でシンプルなデザインだ。どれが誰の専用とは決めてはいない。別にカップには拘《こだわ》ってはいない。というか、来客用の良いカップは高価だが、同じカップならば皆が平等。わざわざお客さんに高いカップを提供する必要がなくなる、という仕組みである。

「それに、言っちゃなんですけど、お部屋ももう少し装飾したらいかがでしょう。絵とか飾ればいいのに」

と渡来は周囲を見回して言う。

「いやあ、男の一人所帯なんてこんなものですよ」

と冷泉は笑って誤魔化《ごまか》した。絵画など飾る経済的余裕はない。

「あと、この部屋ちょっと寒くありません？」

「そうですか？　もう夕方だからでしょうかね」

若い女性は寒がりだな、と冷泉は思った。まあ、我ながら寒々しいというか殺風景な部屋だなとは思う。

冷泉の仕事部屋兼住居は、渋谷《しぶや》区の笹塚にある。新宿駅から電車で五分という便利な駅だ。都心に近いから、編集者に来てもらうのもあまり心苦しく感じない。

売れない作家がこんな好立地に住めるのは、ひとえに建物が古いからだ。駅から徒歩十分のオンボロマンションは、築五十年は経ているだろうか。四階建てで、その一階のひと部屋を借りている。もはや骨董品《こっとうひん》と呼んでいい程の年季が入っているから、あちこちガタが来ている。キッチンの窓は片側しか開かないし、バスルームの換気扇《かんきせん》は壊れて回らないし、水道の勢いが日によって気紛れに変わる。

ただ、古い建物の良さは頑丈なところで、床や壁のコンクリートが無闇《むやみ》に厚い。お陰で騒音問題がないのは快適である。もっとも玄関の扉だけは二十年程前に取り替えたとかで、その部分だけが大家《おおや》がケチったせいか薄くて安っぽい鉄のドアになってしまった。廊下の音が丸聞こえだが、外で騒ぐ住人がいるわけでもなし、とりあえずは不満はない。

それでもまあ、とにかく古い。見映《みば》えも悪い。外観だけ見れば廃墟《はいきょ》寸前。それで家賃が格安なのだ。だから冷泉のような清貧作家でも、都心近くに住めるわけである。

造りは1LDK。一部屋は冷泉の寝室で、ここは完全にプライベート空間にしている。そしてリビングが昔の設計なので、矢鱈と広い。こちらを仕事場と応接スペースに当てている。奥の窓際に冷泉の仕事用机。部屋の中央に二人掛けのソファが、ローテーブルを挟んで向かい合わせに二つ。来客があってもここで充分に対応できる。四人はゆったりと座れる広さだ。そして、入り口近くに久高用に小さな机を置いている。昔の書生さんが座るような位置関係だ。

大きなソファセットを部屋のまん中に置けるのだから、広さはたっぷりある。その点も冷泉は気に入っている。訪ねて来た編集者さんに気を遣わせないのが良い。

壁に貼ったカレンダーが唯一の装飾だが、これも八百屋《やおや》さんでもらってきた至ってありきたりな風景写真の物である。一階で陽当たりが悪いけれど、昼夜逆転生活をしている冷泉にはあまり関係ない。日中は寝ているのだから、日が当たろうがどうだろうが、どっちでも構わないのだ。

とにかく家賃の安さが一番である。

そのソファセットに、冷泉と渡来紗央莉は向かい合って座っている。ローテーブルにはコーヒーカップ。

十一月五日、火曜日のことである。

夕方の五時過ぎ。久高も来ていて、自分の机に向かい、背中を見せて何か書き物をしている。

渡来が来ているのは、ゲラの受け渡しがあるからだった。冷泉は現在、太平洋出版のweb誌『ネット太平洋』で連載をしている。タイトルは『月光庵《げっこうあん》の殺人』。久しぶりの正統派館《やかた》物である。

月二回の更新だから、結構頻繁《ひんぱん》に渡来は通《かよ》って来てくれる。

普通、作家の仕事場まで編集者が来ることはあまりない。ゲラも郵送するか、会うにしても駅前の喫茶店でというケースがほとんどである。

ただ、調布《ちょうふ》に豪邸《ごうてい》を構えるある大御所作家がゲラのやり取りは手渡しでないと気が済まないという気難し屋で、そちらも担当している渡来は調布に通う必要がある。調布ならば笹塚と同じ私鉄の沿線だ。調布詣《もう》でのついでに、ここにも寄ってくれるというわけである。大体いつも火曜日にゲラを持って来て、次の火曜日に引き取るというサイクルだ。今時、仕事場にまで足を運ぶのは渡来の仕事熱心さの表れだが、特別製のコーヒーを目当てにしているという一面もあるのではないか。そう冷泉は見当を付けている。どっちにせよ、出不精の冷泉にとってはありがたい。

コーヒーで一息ついた渡来は早々に、脇に置いた大型の革バッグから紙の束を取り出した。

『月光庵の殺人』のゲラである。それをローテーブルに広げて渡来は、

「では早速ですが、ちょっと私が気になったところから見ていきましょうか」

と、紙をめくりながら、

「えーと、ここなんですが、この場面、死体を発見した全員が広間に入って来ますよね。ここで黒岩《くろいわ》さんがまっ先に、死体の手首に触れています。この行動は少し不自然ではないでしょうか」

「不自然ですかね」

ゲラをこちらに向けられて、冷泉は答える。

「ちょっと引っ掛かりました。床は一面血まみれという描写がありますよね。普通ならば尻込みするんじゃないでしょうか。でも黒岩さんは他の人を押しのけるように死体のそばに近寄っていきます。医師でもないのに。これ、何かそうする理由があるんですか」

渡来に問われて、冷泉はぐっと詰まってしまう。返答に窮《きゅう》したのは、この登場人物にはそうせざるを得ない事情があるからだった。しかし、何故かは言えない。

そんな冷泉の反応に構わず、渡来は、

「あと、ここなんですけど」

と紙をめくって指で示す。

「月光庵の中は靴のままで歩けますよね、これまでの回でも皆そうしていました。ただ、ここでは黒岩さんが、あ、また黒岩さんですね、彼はスリッパを履《は》いていると描写されています。これ、いつ履き替えたんでしょうか。そんな場面はありませんでしたよね。履き替える必要があっ

たんでしょうか」

「えーと、それは、ですね」

と冷泉はまた答えに詰まる。渡来は大きな瞳《ひとみ》をぱちくりさせると、

「あ、もしかして私、余計なことに気付いちゃいましたか。核心突いちゃったとか」

「うーん、出来れば気付いて欲しくなかったんですが」

冷泉は唸《うな》りながら頭を抱えてしまう。渡来が指摘した箇所は、普通ならば読み流すところだ。しかし編集者は眼光紙背《がんこうしはい》に徹するように読み込むので、こっちが気付かれたくない伏線にまで目が行ってしまう。

「ひょっとしたら私、犯人分かっちゃいましたかあ?」

「うわ、それ以上言わないでください。何もかも台無しになる」

冷泉は、動揺を読み取られないよう、殊更《ことさら》おどけて両足をばたばたさせて見せた。その拍子に、左足のスリッパが飛ぶ。

渡来が目聡《めざと》く、

「あ、冷泉さん、靴下の先っぽ、穴開いてますよ」

「え、どこです?」

冷泉が慌てて見ると、確かに左の靴下の先端部分が破れていた。恥ずかしいからあたふたと、スリッパを履き直して冷泉は、

「いや、足の爪が引っ掛かるんで、どうしても穴が開いちゃって」

もごもごと言い、さらに照れ隠しに冷泉は、

「久高くん、私の足の爪、切ってくれないか」

会話に久高を巻き込んだ。

渡来の座るソファの背後、出入り口脇で自分の机に向かって座っていた久高が振り返って、

「嫌ですよ、どうして僕がそんなことを。渡来さんに頼めばいいでしょう」

「彼女に頼んだらセクハラになる」

「僕に命じてもパワハラですよ」

「アシスタントなんだから、そのくらいやってくれてもいいじゃないか」

渡来の前では面映《おもは》ゆいので、久高は弟子ではなく、ただのアシスタント兼作家見習いということになっている。

「どこの世界のアシスタントがそんな身の回りの世話までするっていうんですか。お母さんじゃないんですから」

「いや、母親にやらせる方が変だろう、大の大人が」

「そういう問題じゃありませんよ」

久高と馬鹿を言っている間に、渡来の指摘の件は有耶無耶《うやむや》にしてしまった。

渡来は、そんな冷泉達のやり取りを笑顔で眺めながら、

「前にも言ったような気がしますけど、そうやってじゃれ合ってるのを見ると、冷泉さんと久高さんってよく似てますよねえ」

とおっとりとした口調で言う。冷泉は首を傾《かし》げて、

「そうですか、似てますかね」

「似てますよう、色々と」

「まあ、一年半も一緒にいたら、どことなく似てくるものでしょう。アシスタントと作家も」

冷泉が言うと、渡来は手元の紙を最後までめくりながら、

「そのせいだけではないと思いますけど。あ、ゲラの方ですけど、後は例によって細かいところですね。他に大きな問題点はありません。校閲《こうえつ》さんの鉛筆で指摘が入っているんで、見ておいてください」

ゲラの紙束をまとめて渡してくる。冷泉はそれを押し頂いて、

「了解しました。来週までにはやっておきます」

渡来はそこで何か思い出した様子で、

「あ、そうそう、冷泉さんにファンレターが来てるんですよ、それも二通も」

「ファンレター？」

冷泉は思わずきょとんとしてしまう。めったに聞かない単語だ。それは珍しい。

渡来がバッグから封筒を二つ取り出すと、テーブルの上を滑らせてこちらに近付ける。

冷泉はそれを物珍しい気分で見た。

一通はごく普通のサイズの封筒だった。花柄を品よくあしらった綺麗《きれい》な封筒だ。表に太平洋出版の神田神保町《かんだじんぼうちょう》の住所。編集部気付、冷泉彰成先生、とある。普通のファンレターといった印

象だ。水茎《みずくき》の跡も麗《うるわ》しい女性の手書きの文字。冷泉はちょっと浮き浮きしながら、それを手に取って裏返す。大田区池上《おおたくいけがみ》の住所と、羽入美鳥と差出人の名前が書いてある。これは何と読むのだろうか。はいり？　はにゅう？　と冷泉が首を捻っていると、渡来が眉《まゆ》を顰《ひそ》めてもう一方の封筒を指差し、

「そっちはいいんですけどね、こっちはどうしましょうか」

確かに、ファンレターというには少し異様な雰囲気だった。角形4号と呼ばれるサイズの封筒。素っ気ない事務用の角封筒である。縦長のタイプだ。そして表書きが宛名用シールなのも変だった。ちゃんと『編集部気付　冷泉彰成先生』となっているが、印刷された活字なのがファンレターらしくない。どちらかというとダイレクトメールのようだ。それにしては差出人の企業名などはどこにも書いていない。

渡来は何だか不快そうな眉の形のままで、

「何かちょっと怪しいですよね、少し不気味な感じで。私の方で処分しておきましょうか」

「いや、いいですよ。脅迫状でもないでしょうし」

冷泉が笑って見せると、渡来の背後にある自分の席で久高がにやにやしながら、

「師匠、モテモテじゃないですか。ファンレターが二通も来るなんて」

「こんなことはめったにないよ。そもそも私にファンレターなんて、十年に一度の椿事《ちんじ》だ」

冷泉のその言葉を渡来が否定して、

「そんなことはないでしょう。半年くらい前にも一通届いたはずですよ、女性から」

「ああ、ありましたね。覚えてます」

と久高も言う。冷泉は首を傾げて、

「半年前？　あったかな、そんなの」

「ありましたよう。冷泉さん、ちゃんと応援してくれる読者がいるんですから、良い本になるように頑張りましょうね」

渡来に発破《はっぱ》を掛けられて、冷泉は素直に、

「肝に銘じます」

と頭を下げた。

これで今回の編集者とのゲラチェックは終了だ。

渡来が帰り支度を始めている。

冷泉はゲラを手に取り、ぱらぱらとめくった。

大きなミスはしていないようでほっとする。後は渡来の言ったように細かいところである。漢字の変換ミスが二箇所程見つかった。校正者さんはきっちりと仕事をしている。こういうのはありがたい。ただ、細かすぎるところが少々厄介ではある。

文中〝気がつく〟の表記が四箇所。どのページの何行目、とひとつひとつチェックが入っている。そして〝気が付く〟が三箇所。これもどこが該当箇所か、鉛筆で印が付いている。鉛筆の文字で「どちらかに統一？」と書いてあった。

こんなのはどっちだっていいだろう、というのが冷泉の正直な気持ちである。こんなことをいちいち気にして読む者などいない。〝気がつく〟でも〝気が付く〟でも、はっきり言って同じだ。校正者はいつも律儀に、そういった点を指摘してくる。そして「統一しますか?」と迫ってくる。統一統一と鬱陶《うっとう》しい、東西ドイツかよ、とちょっとイラッとしてしまう。まあ、校正者さんは丁寧な仕事をしているだけなのだから、理不尽な苛立《いらだ》ちだとは分かっているけれど。

そんなふうに冷泉がゲラに目を通していると、帰ろうとしている渡来に久高がそっと近寄って行って、

「あの、この前お渡しした短編、読んで頂けましたか」

と聞いている。渡来はゆったりのんびりとした口調で、

「ご免なさあい、まだ読んでいないんですよう」

「そうですか。いえ、お時間がある時でいいんで、読んで頂いてご感想でも」

と久高はへこへこと、低姿勢で言っている。

アシスタントが作家志望であることは、渡来にも伝えてある。

それをいいことに久高はこうして、編集者に自作を見てもらおうとしている。あわよくばお眼鏡《めがね》に適《かな》ってデビューできれば、と目論んでいるらしい。

実をいうと、久高が冷泉に弟子入りしたのはどうやらこれが目的のようだった。出版社の編集者に接触し、新人賞を獲るという過程をすっ飛ばして本を出してもらおうという目論見。そのために現役作家の冷泉の傍らにずっといられるポジションがほしかっただけなのである。売れっ子の人気作家ではなく四流どころの冷泉を選んだのは、暇な作家ならば編集者ともゆっくり過ごす

時間が多いと踏んだのだろう。実際こうして、渡来には仕事場に来てものんびり雑談に興じる余裕がある。忙しい売れっ子先生だとこうはいかないだろう。久高の狙いは当たっている。

ただし冷泉は、それはあまり上手い方法ではないと久高に釘《くぎ》を刺している。

編集者はそうでなくても多忙なのだ。何人も担当作家を抱え、毎日激務に追われ校了に追い立てられている。調布の大御所のようにわがままを言ってくる作家もいる。それに振り回されて余計な仕事も増える。それこそ偉い先生の身の回りの手伝いまで押しつけられて、四苦八苦させられることもある。そんな忙しい最中、モノになるかどうかも不明の作家志願者の原稿まで読んでいる暇などない。ただでさえ仕事で読む物が山積《さんせき》なのだ。

だから久高には、コネに頼らず真っ当に新人賞を狙った方が早道だ、とアドバイスをしている。しかし今でもたまに久高は、渡来に原稿を渡しているようだ。先程のように体《てい》良くあしらわれてはいるが。

渡来が帰ると、久高は自分の机から冷泉の向かいのソファに移動して来て、さっきまで渡来が座っていた位置に納まると、

「師匠、質問があります」

と弟子らしい調子で言ってきた。

「何だい」

ゲラの紙束をローテーブルに置いて、冷泉が顔を上げると、

「さっき渡来さんが犯人の見当を付けた時、師匠、凄く困っていましたよね」

「ああ、実際、頭が痛いよ」

と冷泉が顔をしかめて見せると、久高は不思議そうな顔つきで、

「別に構わないいんじゃないですか。読者に見破られるんならともかく、編集者さんはこっち側の人でしょう。連載途中で犯人がバレても、何の問題もないいんじゃないでしょうか」

「久高くん、きみ、分かっていないようだね」

腰を据え直すと、冷泉は師匠モードに入って、

「我々の顧客、エンドユーザーは誰だと思う?」

「エンドユーザーですか。そりゃ読者でしょう、本を買ってくれる」

と久高は答える。冷泉はゆっくりと首を横に振り、

「それはある程度売れている作家の場合だ。けれど、私みたいな万年初版止まりでまったく売れない下《した》っ端《ぱ》はそうじゃない。一般読者など端《はな》っから存在していないんだ」

「だったら誰がエンドユーザーなんですか」

「もちろん編集者だ」

と冷泉はきっぱりと言い、

「私のように売れない四流作家は編集者さんから仕事を貰い、出版社さんからお金を頂く。本はどうせ売れないんだからそこから収益が上がるとは考えない方がいい。だから編集者さんはクライアントだ。編集者さんが仕事を回してくれるから、我々は食って行ける。従って編集者さんが満足してくれる物を書くように心掛けなくてはいけない。それが売れない作家のするべきこと

だ。編集者さんに気に入ってもらう。これがすべてだ。『この作家は全然売れないけれど、作品の質は高いから本を出してやろう』と編集者さんに思ってもらうのが第一義だ。出版社の儲けは売れる先生方が稼いでくれる。何百万部と売れる大先生達がいるから、出版社の利益が出るんだ。我々はそこからお零《こぼ》れを頂戴《ちょうだい》する。その裁量は編集者さんにかかっているんだ。編集者さんに選んでもらえなくなったら、たちまち干上がってしまう。だから編集さんに気に入ってもらえる小説を書く。作家の心得第九条、編集者さんはクライアントだと思え」

この作家の心得シリーズは、冷泉と久高の間にだけ通じる冗談である。もちろん本気でやっているわけではない。謂《い》わば師匠と弟子ごっこだ。冷泉も本心で先生になったつもりはないから、ちょっとした遊び心で師匠面をしている。だから第何条の数字もいい加減な物だ。その都度思いついた適当な数字を言っているだけである。

久高はしかし、納得していない表情で、

「うーん、読者不在ですか。でも師匠、だったらさっきのファンレターは何です？　ちゃんと読者がいるじゃないですか」

「あれはごく稀《まれ》なレアケースだよ。ただのイレギュラーだ。特殊すぎる事案だから参考にならない。私の本を読んでいる人なんて、せいぜい世の中に二百人くらいだ。笑っちゃう程少ない。中には奇特な方がいて、たまにお手紙をくれるだけさ。人気作家の先生方の本が何十万、何百万部と売れるのに較《くら》べたら二百なんて数字は誤差も同然。ほとんどゼロと言っても構わない。つまり誰も読んでいないのと同じことだ。そんな中で、編集者さんだけはちゃんと読んでくれている。

この世で唯一の読者だ。そしてお金までくれる。お金を出すのは出版社だけどその窓口になるのは担当編集さんで、どの作家を使うか決定権を持つのも編集者さんだ。だから編集者さんはクライアントなわけだね。そのクライアント様に楽しんで頂く物を作る。それができなくて何のための下請けだ。編集者さんに犯人がバレたらいけないのはそういう理由からだよ。読んでいて途中で犯人が分かってしまったら意外性が薄れて、興が削《そ》がれる。クライアント様にびっくりしてもらえない。それじゃ失格だ。我々売れない下っ端作家は、クライアント様に気に入ってもらえてこそ存在意義がある。クライアント様のためだけに書く。それが私にできることだ」

冷泉が語り終わると、久高はまだ呑み込めない顔つきで、

「うーん、師匠、それは卑屈になりすぎだと思いますけどねえ。そもそもそんなに堂々とした態度で話す内容じゃないですよ、今の話」

「私の信念を語ったんだ、堂々としていて何が悪い」

「悪くはありませんけど、ちょっと卑下しすぎな気がします」

と久高は、急に何かを思い出したようで話題を変えて、

「あ、そうそう、例の件、調べてみましたよ」

「何だっけ?」

怪訝《けげん》に思って冷泉が尋ねると、久高はちょっと呆れたように、

「嫌だなあ、頼んだのは師匠ですよ。ほら、例の〝さがみ屋〟の、弁当屋さんのバイトの子が亡くなった話」

そうそう、思い出した。看板娘の店員さんが亡くなったと久高から聞かされて、冷泉は詳細を知りたくなったのだった。

久高は報告する口調で、

「亡くなったのは立川《たちかわ》響子《きようこ》さん。響く子、と書いて響子ですね。死因は転落死。歩道橋の階段を転がり落ちたそうです」

とポケットからスマホを取り出し、ちょっと指をスライドさせてから、久高はそれをこちらに手渡して来た。冷泉が受け取ると、ニュースサイトの画面が開いている。

ニュースによると先月、十月十六日、夜の九時頃、甲州《こうしゆう》街道《かいどう》の歩道橋の下で倒れている女性が発見された。女性は首の骨を折って既に死亡。発見の直前に歩道橋の階段を転落したと見られる。亡くなったのはアルバイト、立川響子さん、二十二歳。勤務先の弁当店から帰宅途中に転落した模様。警察は事故と事件の両面から捜査を始めた、とのことである。

冷泉がスマホを返すと、久高は補足して、

「笹塚の駅前、甲州街道を渡るのに歩道橋と横断歩道が一緒の場所にあって誰も使わない歩道橋がありますよね、あそこを環七《かんなな》の方へ進むとボウリング場があって、ラーメン屋があるでしょう。あんまり綺麗じゃない店」

「ああ、あるね、トンコツを煮込む匂いがいつも外まで漂っている店だ」

「そこです、あの店の前の歩道橋が現場らしいんです」

と久高は説明した。

国道二十号線、通称甲州街道は笹塚の駅のすぐ近くを通っている。頭上を首都高四号線が覆っている。ずっと車道の上を覆っているから甲州街道を走っていると、頭の上を常に押さえ付けられているみたいで辟易《へきえき》する。

徒歩で道沿いを歩いていても、片側二車線の広い車道を引っ切りなしに車が通るし、首都高が空を塞いでいて、あまり清々しい気分になる通りではない。

その甲州街道を西に進み、もう少しで環状七号線と交差するその手前、冷泉の記憶ではそこに歩道橋があったはずだ。

それを思い出しながら、なるほどあそこの階段を落ちたのか、と冷泉は考えた。

「何てことだ、まだ若いのに。愛想のいい接客で感じの良い子だったのになあ、気の毒に」

冷泉が嘆息すると、久高もしんみりした様子で、

「かわいい子でしたよね」

「事件なのか事故なのか、警察はどう見てるって？」

「そこまでは分かりません。弁当屋さんに聞き込みに行ったんですけど、店のご主人が話し好きでようやく現場を特定できたんです。それ以上のことを踏み込んで聞いたら、僕が不審者に見える雰囲気だったから聞けませんでした」

「そうか、いや、そこまで調べてくれたら充分だ、よくやってくれたね」

と冷泉は久高を労《ねぎら》った。

しかし、弁当屋の女の子の愛想の良い笑顔が頭にちらつき、気分が沈んでしまうのは仕方がな

いことだった。

＊

久高が帰った後、一人になった冷泉は仕事前にファンレターを開封することにした。仕事用机の椅子《いす》に座り、小型のペーパーナイフを引き出しから取り出す。

まずは一見してまともな方だ。花柄が薄く入った、いかにも女性らしい細やかさを感じさせる一通。大田区の羽入美鳥さんの手紙である。封筒の裏書きには、大田区池上六丁目の住所が書いてある。

封をペーパーナイフで開き、中の手紙を抜き出す。封筒と揃いの柄の便箋《びんせん》で、女性の手跡で横書きの文字がしたためられてあった。便箋は三枚あった。

冷泉はそれに目を通す。

『冷泉彰成先生
初めてお便りを出します
羽入美鳥《はにゅうみどり》という者です
二十五歳の会社員です
羽入で　はにゅう　と読みます
難読姓ですが冷泉先生もどちらかというと難読姓ですね　お揃いです

私は冷泉先生のファンです　作家さんにファンレターを出すなんて初めてのことで少し緊張してしまいます　先生はどこにもプロフィールを載せていらっしゃらないのでどんなかたか判らず怒られないかと心配です
私は先生の作品のビターな読み心地がとても好きです
最初に読んだのが「彼女が彼を殺す理由」でした　オビを見てピンときて衝動買いしてしまいました
そして作品の世界観にどっぷりハマってしまいました
とても面白かったです
その後に「月と貝殻《かいがら》」「あの風を追え」「双面の虜囚《りょしゅう》」「砂漠を歩く二足の獣」と立て続けに読みました
どれもすばらしかったです
名探偵清瀬洋太郎《きよせようたろう》が事件を解決した後に苦い思いを嚙《か》みしめるのにいつも共感してしまいます
先生の本はどれも面白い本ばかりで　新刊が出るとすぐに買っています
読むのがもったいないのでしばらく棚に並べて眺めています
平日は会社があるので我慢できますが　休日になるともう一気に読んでしまいます
読み始めるのにいつでもわくわくして　読み終わるのが惜しくて　終わりのほうになるとちょっと淋《さび》しくなります
読み終えると満足するのですけど　また次の新刊が出るのを待つのがつらいです

そんな時は前の本を読み返しています
「彼女が彼を殺す理由」はもう何度読み返したか判りません
先生の本は本棚の一番手に取りやすいところに並べて　何度も読み返しています
それくらい好きです
これからも応援しています
お身体に無理をせず　でもたくさん書いてくれると嬉しいです
長々と勝手なことを書いてしまい失礼しました
先生の作品が大好きな者がここにいると知ってほしくて　つい長い手紙を書いてしまいました』
最後に、羽入美鳥と署名があり、メールアドレスが添えてあった。
冷泉は繰り返し三度、その手紙を読んだ。
素直に嬉しい。いや、無茶苦茶嬉しい。
何と、こんな私にもファンがいてくれる。
二百分の一なのだろうが、こんなに応援してくれている。
嬉しくて嬉しくて堪《たま》らない。
つい身悶《みもだ》えしてしまう。尻の下で椅子がぎしぎしと鳴った。
しばらく興奮してじたばたして、もう二回読んでやっと気が済んだ。
「はあぁ」

と冷泉はため息をつく。

こんな読者がいてくれるなんて、本当にありがたい。

ありがたいありがたいと手を合わせて拝みたくなる。

さすがにそこまでしたら変なので、冷泉は便箋を丁寧に畳み直し、封筒にしまった。また後で読み返そう。

それをそっと机の上に置き、女性からの手紙にこれ程心が癒やされるなんて考えてもみなかった、と冷泉はしみじみと思った。女性の手紙にはいささか苦い思い出がある。

あれは、冷泉がまだ高校生の頃だ。

同級生に途方もなく美しい少女がいた。同じクラスの彼女は、それはもうびっくりする程可憐《かれん》で、下手なアイドルなど裸足《はだし》で逃げ出すレベルのかわいらしさだった。実際、学校中でアイドルのように扱われていた。ほとんどの男子が彼女に憧《あこが》れていた。そう言っても過言ではない。もちろん、若き冷泉もその中の一人だった。と言っても何かアプローチなど出来るはずもなく、ただ遠巻きに眺めることしか出来なかった。本当に、じっと見守っていた。

そんなある日、机の中に一通の手紙を見つけた。あのアイドルの美しい少女からだった。

驚嘆しつつ、震える手で開封した。

『放課後、教室に残っていてください
お話ししたいことがあります
誰にも秘密で

二人きりで』

俄《にわか》に緊張して、全身にどっと汗をかいた。興奮と緊張で目眩《めまい》がするような気分でその日一日を過ごしたものだ。

そして授業が終わって、一人で居残った。

全身が強張《こわば》り、喉《のど》がからからに渇いていた。無人になった教室で、おろおろしながら待った。

そんな中、彼女がやってきた。

はにかんだみたいな笑顔で、

「待っててくれたんだね」

と美しい少女は言った。

こちらが何か答える暇もなく、彼女は続けて、

「あのね、あの、言いにくいんだけど、はっきり言うね。私、あなたのことがずっと好きだったの。私と付き合ってくれる？」

小首を傾げた仕草が堪らなく可憐だった。

目の前で爆弾が炸裂したような驚愕の中、反射的に返事をしていた。

「ぼ、僕でよかったら喜んで」

右手を差し出し、頭を下げた。

しかしその手は握り返されることはなかった。不審に思って視線を上げると、信じられない光景が目に飛び込んできた。

教室の入り口から七人程の女子達がどやどやと入って来たのだった。その顔は一様に、蔑《さげす》んだような、人を見下すみたいな、嗜虐的《しぎやくてき》な笑顔で歪《ゆが》んでいた。彼女達はけらけらと笑いながら、

「返事まで三秒、新記録じゃん」

「アイス、奢りねー」

「くそっ、もうちょっと焦るかと思ったんだけどねー」

「空気読めよって感じだよねー、キモオタくん」

「キモ男にそんなこと出来るわけないじゃん」

「それにしてもキモかったよねー」

「うんうん、最悪だった」

「ぼ、僕でよかったら喜んで、だって」

「うわっ、キショ」

同じクラスの女子達は、一斉に笑い声を挙げた。その中には、あのアイドルの可憐な彼女もいた。

「さ、行こ行こ、アイス奢りだし」

「うーん、悔しい」

「勝負は勝負だってば」

「敗者は財布出しとけよー」

「よーし、アイス喰《く》い放題だ」

「どんだけ喰う気だよ」

どっと笑い合う。アイドルの彼女も楽しそうに笑っていた。

女子の中の一人がひょいとこちらを向いて、

「あ、それじゃ一人で淋しく帰ってね、キモオタくん。一瞬でもいい夢見れて、よかったんじゃない」

「そうそう、この子があんたなんか相手にするはずないんだから」

「こいつ、いつもじとっと見てるもんね、あなたのこと」

「やめてよー、気持ち悪い」

そう言って、アイドルの彼女も笑っていた。

女子達がさんざめき合いながら教室を出て行く。その後ろ姿を、ただ茫然と眺めて立ち尽くすしかなかった。

と、いかんいかん、嫌な事を思い出してしまった。冷泉は苦笑する。

青春の薄暗い一ページである。誰しも若い頃はこんな苦々しい思い出の一つや二つ、体験しているものだろう。今だからこそ、苦笑と共に振り返ることのできる辛い過去の話である。

手紙をもらうことで、つい嫌な思い出が脳裏に蘇《よみがえ》ってしまった。冷泉は苦い記憶を頭の隅に追いやりながら、そうだ、もう一つあったんだった、と思い出した。渡来の置いていった手紙は羽入美鳥の物と、あと一通あった。冷泉はそれを手に取る。

角4号サイズの封筒。素っ気ない事務用の物だ。宛名が印刷されたシールなのもファンレターらしく見えない。ダイレクトメールか、もしくはどこかの企業からのアンケートの類だろうか、と思いながらこっちの封も開けてみる。
中には紙が四枚、二つ折りに畳んであった。開いて見えたのは印刷された活字だ。手書きではない。パソコンで打った物をプリントアウトしたのだろう、縦書きで紙一杯にびっしり印刷されている。紙も事務用らしきプリント用紙だ。
味気ないなあ、と思いながらも冷泉は文章に目を通した。
『冷泉彰成先生
小生は冷泉彰成先生の真の理解者です　ファン等と云う生易しい言葉では表し切れ無い程の先生の信奉者であり先生の思想の下僕《げぼく》であります
先生の諸作品群は人間性の深淵《しんえん》を抉《えぐ》った真理と高次元の知的文学性を併せ持った本物の英知の結晶だと思われます　悲劇的な運命に翻弄《ほんろう》される人間の悲喜劇を描いた構成はアメリカンニューシネマを彷彿《ほうふつ》とさせる真の文学性の発露であり悲愴感は物語を只無慈悲《ただむじひ》に突き放すのみで無く現代社会への壮大なアイロニーに成っていると小生は解釈しましたが如何《いかが》でしょう　芳醇《ほうじゅん》な知性の表現は全人類の寄る辺《べ》なき魂《たましい》の救済の詩《うた》であり生きる指針となる神の書と云うべき筆舌に尽くし難い傑作群だと思われます
『立ち枯れの街』『葬礼村殺人事件』『光の行方』『黒の密約』『砂漠を歩く二足の獣』『崩れた立方体』『その日地球の裏側で』とどれも名作傑作揃いで文学史上に燦然《さんぜん》と輝く　否　人類文化史に残るべき大傑作揃いであります　タイトルを書き連ねるだけで小生の魂は喜びに震え心が躍り

ます
只惜しむらくは此の名作群がベストセラーリストに入っておらぬ事であります　聖典と呼ぶべき傑作が大衆に受け入れられないのは偏《ひとえ》に愚民の蒙《もう》が啓《ひら》かれていないからだと小生は考えます　小生のみが冷泉先生の偉大さを見抜いている　この光栄　小生のみが現代の文豪が存在する事実を知っている　この感激　先生の思想の高邁《こうまい》さを理解しようとしない蒙昧《もうまい》なる衆愚には思い知らせてやらねばと小生常常考えていた所であります

　御著書全てに流れる通奏低音の如きテーマ『愚民死すべし』と云う高尚にして尊い思想を読み取れている者がどれ程居ようか　否　冷泉先生が御心配なさるには及びません　小生にはそれが届いております　今こそ声高らかに叫ぼうではありませんか『愚民死すべし』と

　先生が御気《おき》に掛ける必要は御座《ござ》いません　昨日小生が実行したからであります　相手は先生の高尚な思想を露程《つゆほど》も理解せぬ癖に先生の愛読者を自称する若い女でありました　その女に『愚民死すべし』の鉄槌《てっつい》を振り下ろし息の根を止めてやりました　そして『天空の海』の一場面に擬《なぞら》えて死体を彩りました　先生の深い思想を理解せぬ癖に愛読者を名乗るなど言語道断な愚行であり厚かましくも烏滸《おこ》がましい事であるが故神罰が下って当然　それを小生が文学の神に代わって実行致しました　『天空の海』を表現したのは水のバプテスマであります　愚かで無知な魂を聖なる水で清めて先生の思想を体現したのであります　これで劣等人種と呼ぶべきあの女も神の祝福を受け一段上の次元に昇華する事が出来たと小生は祝福致します　先生の偉大なる思想の贄《にえ》に成ったのですからその魂も少しは救われた事でしょう

先生の為に小生は成し遂げたのであります　先生の徳高き思想を具現化するために水のバプテスマを実現したのです　小生は冷泉先生の信奉者として誇りを禁じ得ません　先生の下僕としてこの栄光我が身にあり　嗚呼何たる光栄　何たる福音　小生のみが先生の高レベルな思惟《しい》に付いて行ける　小生だけが先生の真の理解者で居られる　此程素晴らしい事がありましょうや

冷泉先生の真の御姿は神秘のベールに隠されており小生などには知る由も御座いません　小生には拝謁《はいえつ》の栄に浴す事など勿体無き事とそれは重重理解しております　できれば先生の御足元に額《ぬか》ずき人生の師として仰ぎたいと望めどもそれはあまりにも不敬な事と己を律する日日であります

今回の水のバプテスマは先生に捧げる殺人であります　先生の高邁なる人間性に僅《わず》かなりとも近付きたいと夢想する小生のささやかな祈りでもあります

出来得る事ならば先生に認識して戴きたいと小生は願えどもそれも烏滸がましい夢と考える他は御座いません　小生に出来るのは一輪の花をそっと御足元に添えるが如く先生に此の殺人と云う名の粛清《しゆくせい》を献上する事位であります

これを以《もつ》て小生が先生の最大の理解者である証左としたいと愚考致します　小生は先生の下僕先生の為に愚民を一人屠《ほふ》る行いに手を下せた光栄を神に感謝するばかりであります　否　神とは即ち先生の事に他なりません　文学の神であり『愚民死すべし』の提唱者でもある大いなる存在に小生は最大限の感謝を捧げる次第であります

冷泉先生の小さき一愛読者より』

＊

「何ですか、こりゃ」

というのが久高の最初の感想だった。

冷泉も同感である。

正に、何だこりゃ、である。

「ひどい文章で目が滑りますね。何が書いてあるのかよく分からなくなってきます」

「ああ、本当に訳が分からない」

と冷泉も困惑することしきりである。

翌日、十一月六日の水曜日。

例によって夕方になってからやって来た久高に、あのおかしな手紙を見せたところである。

「昨日のファンレター、ファンレターにしては異様だったよ」

と冷泉が渡すと、久高はそれにじっくりと時間をかけて目を通してから、

「こいつは珍物ですねえ」

と呆れたように言った。そして文字がびっしりと印刷された紙をとっくりと眺めながら、

「奇妙奇天烈《きみようきてれつ》と言うか奇怪至極《きつかいしごく》と言うか、こいつはファンレターと言うよりもう怪文書の類ですね」

「なるほど、怪文書か。うん、そっちの方がしっくり来るね」

冷泉が頷くと、久高は尚も呆れた顔つきで、

「どうでもいいですけど、小生ってのが凄いですね。今時小生って。気取ってるのか丁寧なつもりなのか、気色悪いったらないですよ。いくら何でも小生はないでしょう小生は」

「確かに、変人感が増して見えるね」

「人生の師として仰ぎたい、と来ましたか。なかなかとんでもないことを書いてきましたね。僕なんか師匠を小説の師と仰いでますけど、こんなに崇《あが》め奉《たてまつ》って信奉する程のお偉い教祖様みたいな人じゃありませんからね、師匠は」

「そう、ここまで持ち上げられたらかえって気持ち悪いんだよね。背中がぞわぞわする。私はそんな大人物じゃないし。神の書だの知的文学性だのって、こっちはそんなご大層な物を書いてる覚えはないのに。私のはただのエンタメ小説なんだから」

「買い被り、って言うか、読み違えですよねえ。こう言っちゃ何ですけど、師匠の小説のどこをどう読んだら英知の結晶だの人類文学史に残る傑作だのって感想が出てくるっていうんですか。これ、本当に師匠宛ての手紙なんでしょうかね。他の人と間違ってませんか」

「一応宛名は私になっているから間違ってはいないみたいだけど。確かにそんな高尚な代物は書いた覚えはないから、行間に何か普通の人には見えない物を読み取っちゃったのかなあ」

「そこが怪文書の書き主たる所以《ゆえん》でしょうかね。頭がお目出度《めでた》くなっちゃってるという」

「大体どこをどう読んだら『愚民死すべし』なんて馬鹿げたメッセージが読み取れるというんだ

ろうね。ただのエンタメ小説にそんな危ない思想なんて含まれてるはずもないのに。読み違えも甚《はなは》だしいな」

冷泉がそう言うと、久高は顔をしかめながら怪文書の紙を見詰めて、

「もっと剣呑《けんのん》な事も書いてありますよ。息の根を止めたとか死体を彩ったとか、挙げ句は先生に捧げる殺人とまで書いてます。水のブダペストとか言って」

「バプテスマだろ、無理してボケんでよろしい」

「失礼しました。けどこれ、本当にやったんでしょうか。まるで殺人の報告のように見えますけど」

「うーん、まあそう見えるねえ」

冷泉が唸りながら言うと、久高は心配そうに、

「一応警察に届けた方が良いんじゃないでしょうか。変な手紙が来たって」

「いやあ、そこまで大袈裟《おおげさ》にする必要もないだろう。しょせん怪文書なんだし。大方、頭に電波でも受信している類の人が妄想を垂れ流しただけなんだから」

「それを送って来たってことですか」

「ああ」

「わざわざ師匠に宛てて」

「そうだね」

「どうしてそんな事をするんです？」

「さあね、そこは奇妙な頭脳の人のする事だから、私達みたいな並の人間には理解が及ばない理屈でもあるんじゃないかな。それこそ宇宙の真理みたいな何かが」

「今時手紙っていうのも変ですよね。普通ならネットにでも書き込むでしょう」

「うん、まあそこはほら、私はＳＮＳは何もやってないから。直接送る方法が分からなかったんだろうね」

「でも、こういうのって大概、有名人に届く物なんじゃないでしょうか。有名な作家の目に留まりたいとか、著名人に構ってもらいたいとか、そういう理由で」

「確かにね、私みたいな売れない作家に何かをアピールしても意味はないな。私なんてマイナーで無名な四流作家なんだから」

「本当にそうですよ」

「いや、そこは否定しようよ、久高くん。きみ、曲がりなりにも私の弟子なんだから。とにかく、この怪文書はただの変人の自己主張なんだろう。大した意味なんてないと思うよ」

と冷泉が言っても、久高はまだ不安げな顔で、

「だといいんですけど。殺人がどうとかいう箇所が気になります」

「考えすぎだよ、久高くん。頭に宇宙からの信号受信しちゃってる人が、それを丸々書き写して寄越しただけの事だ。そうでなきゃこんな異様な内容にならないだろう」

「まあ、そう言われればそうなんですけど」

と久高は煮え切らない態度で、

「師匠、これ、コピーしてもいいですか」

「構わないけど、どうするの、こんな物を」

「いやあ、参考になるかと思って。小説の中で変人の怪文書が出て来た時に、モデルになりそうです」

「悪趣味だね、きみも」

冷泉は苦笑して応えた。

久高が、部屋の入り口脇に据え付けたコピー機で、早速作業を始めている。このコピー機は太平洋出版の払い下げ品である。編集部のコピー機を買い替えるというのでタダで譲ってもらった。カラー印刷の機能が壊れて使えないけれど、白黒のコピーだけならばちゃんと使える。古いがまだまだ現役である。

久高は淡々と、その古強者《ふるつわもの》でコピーをしていた。

*

週が明け、十一月十一日の月曜日、珍客があった。

二人組の男で、何と刑事だという。

夕方だったので久高も来ている時間帯だった。玄関に応対に出た久高は、不審げな顔で取り次いだ。

二人にはソファに並んで座ってもらう。

冷泉も、ローテーブルを挟んで向かいのソファに座る。久高はコーヒーを淹れにキッチンに入ったが、気になるらしく不思議そうにこちらをちらちら覗《のぞ》いている。

刑事コンビは身分証を見せて名乗った。

向かって右に座ったのが茂手木《もてぎ》刑事、左が里見《さとみ》刑事。警視庁捜査一課の所属だという。どちらもスーツにネクタイのちゃんとした服装だ。いつものだらしないジャージ姿の冷泉とはえらい違いである。

茂手木刑事は冷泉と同年代くらい。唇《くちびる》が薄く、どことなく爬虫類《はちゅうるい》を思わせる顔立ちで、冷たい印象を受ける。一方の里見刑事は一回り程若い。特に目立つところがない平凡な顔立ちだが、ただ目付きだけは鋭い。目の鋭さは二人共通のものだった。そして顔に一枚、薄いゴム製透明マスクを被ってでもいるかのように、表情が読み取れない。

どうでもいいけれど、冷泉は本物の警察のバッジという物を初めて見た。今後の仕事の参考にとっくりと見たかったのに、刑事は早々に引っ込めてしまった。

刑事達の自己紹介が終わった時、久高がコーヒーを出した。例のDコーヒーのお揃いのカップである。刑事二人は久高に目礼したもののカップには目もくれず、冷泉に向き直る。そして茂手木刑事がこっちの目を見据えながら、

「ここの所在は出版社の方に伺いました。冷泉彰成先生で間違いありませんね」

「はい」

一体何の用件だろうか、と訝《いぶか》りながらも冷泉は頷いた。茂手木刑事は、

「そちらの男性は先生のアシスタントの久高亨さんですね」

と体を捻って背後の久高を見る。久高は刑事達の座るソファの後ろの、自分の机に落ち着こうとしているところだった。

「そうです」

と冷泉が答えた。久高のことも聞き及んでいるらしい。

確認して満足したのか、茂手木刑事は再びこちらに向き直って、

「冷泉先生はミステリー作家でいらっしゃる」

「そうですけど、あの、先生はよして頂けませんか。私はそんなに偉いわけでもないんで」

「作家さんは普通、先生ではないのでしょうか」

「この業界ではあんまりそう呼ぶことはないですよ。ベテランの大御所ならともかく、普通にさん付けです」

「そうですか、分かりました。では冷泉さん」

と茂手木刑事は改まって、

「やえがしゆあさんはご存じですね」

「どなたですって？」

怪訝に思って聞き返してしまう。誰だ、それは。知らない名前だ。聞いても咄嗟《とっさ》に漢字に変換出来ない。

「八つに重ねるに樫の木の樫、結ぶに愛着の愛。八重樫結愛《やえがしゆあ》さんです。ご存じでしょう」

茂手木刑事は決め付けるように聞いてくるが、冷泉には誰のことやら分からない。

「いえ、初めて聞くお名前です。どなたですか、それは」

冷泉の答えに、刑事二人は一瞬顔を見合わせた。表情は読めないが、二人の間に何か強力なアイコンタクトがあったようである。茂手木刑事が感情のこもらない平坦な口調で、

「八重樫結愛さんは半年程前、冷泉先生、失礼、冷泉さん宛てにファンレターを送っている女性です」

そう言われて、あっと冷泉は思い出す。そういえばそんなのがあったような気がする。ソファからゆっくり立ち上がり自分の執筆用机に行くと、引き出しの奥を探る。大抵の物はここにしまってあるはずだ。

そうして冷泉は見つけた。

そうだ、思い出した。すっかり忘れていたが、こんなのを貰った。

冷泉は引き出しの奥からそれを引っぱり出した。一通の封筒だ。美しい空色で、雲の模様が描いてある。『太平洋出版編集部気付　冷泉彰成先生』と女性の筆跡で文字が並んでいる。

裏返すと、確かに差出人は八重樫結愛の名前になっていた。しかし半年も前に貰った手紙の名前など記憶しているはずもない。尋ねられても分からなかったわけだ。

それを手に戻ろうとしたが、冷泉はうっかり封筒を取り落としてしまう。意外な成り行きに動揺しているのかもしれない。茂手木刑事が腰を上げて拾ってくれる。その屈《かが》んだ姿勢を見て、何

かが冷泉の頭をよぎった。そうか、物を拾おうと屈むと、人は不安定な姿勢になるのだ。無防備な姿である。何の根拠もないが、冷泉はつい連想してしまった。例の弁当屋〝さがみ屋〟の看板娘の一件である。立川響子といったか。彼女が歩道橋から落ちた事故を思い出す。不安定な姿勢でいるところを突き飛ばしたら、人は簡単に階段の上から転げ落ちるのではないか。

「どうかしましたか」

茂手木刑事の問い掛けに、冷泉の意識は現実に引き戻される。

「いいえ、失礼、何でもありません」

と取り繕って冷泉は、自分のソファに戻って座り直す。

茂手木刑事は指紋対策のためか白い手袋をつけると、

「拝見してもよろしいですか」

「どうぞ」

冷泉は頷く。内容を思い出してみるが、ごく普通のファンレターだったはずである。先週の羽入美鳥の物と似たような文面で、愛読者だと名乗り、作品のどんなところが好きかといったことが書いてあったと記憶している。冷泉にとっては躍り上がる程嬉しい内容だが、警察が興味を持つ文面だとも思えない。

しかし二人の刑事はじっくり読んでから、茂手木刑事の方がおもむろに口を開いた。

「この八重樫結愛さんですが、先日殺害されました」

「えっ」

びっくりした冷泉は、それ以上の言葉が出て来なかった。

何だ、それは。

殺害？

殺された？　それはどういうことだ。

あまりに仰天したので、ただ呆気《あつけ》に取られてぽかんとするばかりである。

冷泉のそんな反応をどう見たのか、茂手木刑事がもう一度、ゆっくりとした口調で言う。

「つまり、殺人事件の被害者だという意味です」

すると今度は、若い里見刑事が無表情に説明を始めて、

「八重樫結愛さんは、茅場町《かやばちよう》の証券会社に勤める二十七歳の会社員。台東区《たいとう》千束《せんぞく》にある単身者用マンションで独り暮らしをしていました。先々週の週末、遺体で発見されました。発見場所は西《にし》新宿《しんじゆく》の小さな公園です。小滝橋《おたきばし》通りを少し住宅街側に入った、JR大久保《おおくぼ》駅近くの寂《さび》れた公園です。幼児用の遊具などもない、ただ木が生えていてベンチがあるだけの、こぢんまりとした公園です。十一月二日、土曜日の早朝、犬を散歩させていた近所のご老人が発見者でした」

死体発見者はいつも犬を散歩させている老人だな、と冷泉はどうでもいいことを考えていた。びっくりした反動で脳が防御反応を起こし、過度な刺激から心を守るために、つい詰まらないことを考えてしまっているらしい。

「死因は絞殺《こうさつ》による窒息死《ちつそくし》。凶器は紐状《ひもじよう》の細い物で、遺体の索条痕《さくじようこん》から直径一センチくらいの物と推定されていますが、これは現場からは見つかっていません。着衣の乱れもなく、目立った

外傷もなし。犯人の残留物も発見に至っておらず、現場には手掛かりは残されていません。被害者の手荷物がすべてなくなっていましたが、これは犯人が持ち去ったと推定されています。荷物が何もないので被害者の身元確認が遅れました。発見は土曜日で被害者は独り暮らし。ですから姿を見せなくても、火曜までは誰も不審には思わなかったわけです。月曜日が振替休日でしたので。それで三日間が無駄になりました。何しろ荷物が紛失していますから、身分証も携帯電話も残されていなかったのです。火曜になって出社しなかったので、それでようやく会社から警察に届けが出され、身元が明らかになったのです。犯行は発見の前日、十一月一日、金曜の夜と思われます。犯行当日、被害者は普段通りに出勤し、十七時三十分に退社しています。その後の足取りは今のところ判明していませんが、恐らく犯人と合流したものと推定されます。発見現場周辺の防犯カメラを確認しているところですが、今のところ被害者の姿らしきものや不審な車輛などが映っているのは確認できておりません」

ここで一息ついて里見刑事は、

「先週一週間かけて被害者の周辺を調べました。しかし殺害に繋がるような動機は見つかっていません。男女間の縺《もつ》れ、仕事上の問題、友人知人との感情の行き違い、近隣住人とのトラブル。そういった人間関係で揉めた形跡はまったくありません。荷物がなくなっているので物盗りかとも思われましたが、ネックレスや指輪などの装身具は手付かずで残っていました。強盗ならばそれらの物も根こそぎ奪って行くはずです。ですので物盗りの線は早々に消えました。やはり被害者個人に殺害動機があると考えられます」

「いや、ちょっ、ちょっと待ってください。いきなりどうしたんですか、刑事さん。そんなことを聞かされて、私に何の関係があるんですか」

冷泉はやっとのことで口を挟んで、里見刑事の言葉の奔流《ほんりゅう》を止めた。正直、面喰らっていた。唐突に何の関わりもない殺人事件の話を長々と聞かされても、戸惑《とまど》うばかりだ。いくらミステリー作家とはいえ、現実の事件とはまったく関係がない。何がどうなっているのか、さっぱり分からない。

その疑問には茂手木刑事が答えてくれて、

「冷泉さんのお名前が出たのが、この身辺調査をしている時でした。半年前に被害者がファンレターを出した、それを聞いた者がいました」

それだけの繋がりでここまで足を運んだのか？　冷泉はきょとんとしてしまう。そんなのはまったく無関係ではないか。こちらとしては困惑するしかない。

しかし茂手木刑事は、爬虫類が舌舐《したな》めずりするみたいにちょっと舌を出して、薄い唇を湿らせると、

「このファンレターに返事が来た、と生前の被害者が語っていました。会社の同僚がそう聞いたと証言しています。その返事があったというのが先月の中頃。半年前に出したファンレターに返事があったことに、被害者は驚きながらも喜んでいたそうです。そして何度かやり取りがあって直接会うことになった、とも言っていたようです。被害者はファンですから、これにも感激していたとのことです。冷泉さん、見てください。この手紙の署名の後にメールアドレスが書いてあ

る。あなたはここに連絡しましたね」

冷泉はびっくりして、しばらく返す言葉を失った。狐《きつね》につままれた気分である。ファンレターに返事だって？　何だそれは。そんなことをした覚えはないぞ。しかも直接会う約束をしただなんて、何の話だ。

「あの、ちょっと待ってください。何か行き違いがあるみたいですね。その返事をして来たのは、本当に私だということになっているんですか」

冷泉がようやく言葉を発すると、茂手木刑事は無表情に頷いて、

「同姓同名の有名人はいないですよね。歌手や俳優に冷泉彰成という人物はいないようです。しかもミステリー作家の冷泉彰成氏と、被害者ははっきり言っていたそうです。他に似たような名前の同業の方はいますか」

「いえ、いないと思いますが」

と冷泉は困惑しながらも、

「しかし、その返事をしたというのは私ではありません。私はそんなことはしていない」

「冷泉さんではない？」

ほんの少し眉を寄せて茂手木刑事は、

「では誰ですか」

「いや、知りません。私に聞かれても困りますよ。誰か別人です。とにかく私じゃありません。身に覚えがないんですから」

「しかし作家で有名人ですからね。別人ということは考えられないでしょう」

茂手木刑事が言うと、刑事の背後から久高が口を挟んで来て、

「あの、ちょっといいですか」

と椅子を半回転させてこちらを向いた久高は、窮屈《きゆうくつ》そうに椅子に座ったまま、

「師匠は覆面作家なんです。顔も素性も世間には出ていません。何者かが師匠の名を騙《かた》っても、被害者の女性には区別は付かなかったんじゃないでしょうか」

茂手木刑事は久高の方を振り向いて、

「覆面作家、ですか」

「そうです。編集者にそのことは聞いてないんですか」

「初耳ですね」

「そうか、業界じゃ常識になってるから、かえって言い忘れたんでしょうね」

「覆面作家というのは、確か正体を隠して作品を発表する作家さんのことでしたね」

「その通りです」

「では、冷泉さんのお顔は公表していないんですか」

「ええ」

「誰も知らないから被害者にも区別が付かない？」

「そうです」

久高の答えに、刑事二人はまた顔を見合わせた。重要な情報に伝達漏れがあったようだ。

久高はさらに、

「師匠と連絡を取ったログを確認してくださいよ。本物かどうか判断できますよ、きっと」

茂手木刑事は再び体を捻って久高を見ると、

「被害者の荷物はすべて紛失しています。スマホの類も当然ない。メールや電話のやり取りの記録を確認する術《すべ》がありません」

冷泉は慌てて自分のスマートフォンをポケットから取り出して、

「だったら私のを見てください。どこにもありませんよ。その、八重樫結愛さん、ですか、被害者の女性とのやり取りなど」

「失礼、ではちょっと拝見します」

と茂手木刑事は冷泉のスマートフォンを受け取ると、二人掛かりでいじり回し始めた。自分のスマホを好き放題に触られるのはいささか不愉快《ふゆかい》だったが、今の冷泉にそんなことを言っている余裕はない。とにかく変な疑いを晴らすのが先決だ。幸いスマホには、刑事に見られて困るところなどまったくないから構わない。冷泉は清廉潔白《せいれんけっぱく》な身である。

しばらくスマートフォンをいじっていた茂手木刑事は、

「本当にないようですね」

諦め切れないような態度でそれを返して寄越した。

そこで里見刑事がコートを着たので、冷泉はてっきり帰ってくれるのかと思ったら違った。里見刑事はコートを着終わって座り直す。ただ単に肌寒かったらしい。紛らわしいことをするなあ、と冷泉は思った。刑事のくせに十一月に寒がるなんて軟弱な奴め。

その軟弱な里見刑事は、メモ帳をスーツのポケットから取り出すと、

「先々週の週末、十一月一日ですね、事件はこの夜に起きています。殺害現場は発見場所の公園とは限りません。遺体に移動させた痕跡があると監察医も言っています。ですから西新宿には気を取られないでお答え頂きたい。夜の九時から十一時の間、冷泉さんはどこで何をしていましたか」

アリバイ調査か、と冷泉は見当を付けた。ということは、死亡推定時刻がその時間帯なのだろう。そう考えながら冷泉は、

「ここで仕事をしていました。夜型なのでその時間は大抵いつも仕事をしています」

と自分の執筆用机を、指で示して答えた。

里見刑事は背後を振り向いて、

「アシスタントの方はどうです？　その時間帯は」

「僕も自宅で原稿を書いていましたね」

「お二人とも、それぞれ一人で？」

「ええ、そうです」

「では、それを証明してくれる方はいらっしゃらない？」

「まあ、そうですね」

と冷泉は頷く。久高も冷泉と同じく独り暮らしだ。しかし独身男ならば、夜はそんなものだろ

う。特に冷泉は下戸だから、呑みに出るわけでもないし。

茂手木刑事がこちらを見て来て、

「八重樫結愛さんと連絡を取り合っていたのは、本当に冷泉さんではないんですね」

「はい、誓って違います。私はまったく身に覚えがない」

冷泉の答えを聞いて、刑事二人はまた顔を見合わせた。薄皮一枚貼ったみたいに表情は読み取れなかったが、何となくニュアンスは伝わって来た。当てが外れた、とほんの僅かに顔に出ている。

冷泉はさらに、

「さっきも言いましたけど、私は覆面作家です。素顔は誰も知らないはずです、ごく一部の業界関係者を除いて。誰かが私に成り済ますのは充分に可能だと思います」

「なるほど、成り済ましですか。ミステリー作家らしい発想ですね」

茂手木刑事が無表情に言う。誉められたのか皮肉なのか、どうにも判断が付かない。

あ、誉めるで思い出した。

例の怪文書である。

冷泉を崇めベタ誉めしているあの気味の悪い手紙があった。

「久高くん、悪いけど私の机の引き出しからあれを持って来てくれないか、例の怪文書」

「分かりました」

と久高は取りに行き、角形4号サイズの封筒を刑事に差し出した。

「怪文書、と言いましたか」

怪訝そうな茂手木刑事は、白い布手袋を嵌《は》めた手でそれを受け取った。

「中を拝見してもよろしいですか」

「どうぞ」

冷泉が勧めると、同じく白い手袋をした里見刑事と二人、交代であの読みづらい文体の手紙を読み始める。そしてまた、表情にマスクみたいに貼り付いた薄皮が剝がれた。明らかに興味を持っている様子である。

「これはどこから手に入れましたか」

茂手木刑事が手紙に視線を落としたまま、聞いてくる。

「出版社気付で届きました。担当編集者さんが持って来てくれたんです」

「差出人に心当たりはありますか。どこにも署名がありませんが」

「それが、まったく見当も付かないんです。どこの誰が送って寄越したのか、まるで分からない」

「これ、お預かりして構いませんか」

茂手木刑事が手紙をひらひらさせて言う。そこまで興味を持ったのか、と若干驚きながらも冷泉は、

「どうぞ、要る物でもありませんから」

「では、お借りいたします。指紋を採りたいのですが、この紙に触ったのはどなたでしょう」

「私は触りました」

冷泉が言い、久高も刑事の背後から、

「僕もです」

と答える。茂手木刑事は頷いて、

「では、お二人の指紋を採取させて頂きたい。他の指紋と区別する必要がありますので。ご協力願えますね」

「はあ、別に構いませんけど」

「では明日にでも係官を寄越します。時間はいつ頃がいいですか」

「できれば夕方過ぎにお願いします。昼夜逆転生活をしていますので、朝や昼は寝ていますから」

冷泉が言うと、

「分かりました。そう手配します」

と茂手木刑事は頷いたが、まだしつこく質問を重ねて来て、

「くどいようですが念押しさせてください。冷泉さんは八重樫結愛さんに会ったことはないんですね」

「ありません」

「連絡も取っていない」

「もちろんです」

「そうですか、分かりました。では、今日のところはこの辺で」

刑事二人はやっと腰を上げてくれた。

「何か思い出したら、こちらにご連絡ください」

と茂手木刑事は名刺を差し出して来た。

名前と電話番号だけが印刷された素っ気ない名刺だった。

二人が帰って行くと、手付かずのまま冷め切ってしまったコーヒーがローテーブルに残されていた。

冷泉がそれを何となくぼんやりと見ていると、久高が窓辺に立って外を観察している。カーテンの陰に隠れて、何やら隠密行動の様子だ。

「師匠、見てください。刑事達が帰って行きます。ありゃまあ、あんなにいたんだ」

呼ばれて冷泉もそっちに行き、久高の真似をしてカーテンの陰からそっと覗いてみた。一階の部屋だから道路が同じ高さで見通せる。

道の、マンションから少し離れた位置に車が駐まっていた。茂手木と里見の両刑事が、車の傍らに立っているのが見える。他にも四人の男達の姿があった。全員スーツを着て、目付きが鋭い。

六人の男達は何事か立ち話をしていた。険しい顔つきをしている。

やがて何かを諦めたような態度で、二台の車に分乗して走り去ってしまった。

冷泉はカーテンの陰からそれを見送ったが、ふと別の事に気付いた。一人の年輩の男が少し離れた電柱の陰から、じっとこちらを見詰めている。

またいる。〝半纏《はんてん》おじさん〟だ。冷泉はため息をつきたくなった。

三ヶ月程前から、彼はこちらの部屋の道路に面した窓を観察しているのである。いや、冷泉が気付いたのがそのくらいで、実際はもっと前からなのかもしれない。とにかく近所に住む人物だ。と言っても本当にご近所さんなのかどうか、正確なところは冷泉も知らない。サンダル履きで半纏を羽織《はお》ったラフな服装だから、近隣住人だと判断しているまでのことだ。その服装から、冷泉が勝手に〝半纏おじさん〟と呼んでいる。年齢は見たところ七十前後くらいだろうか。トレードマークのようにいつも着ている紺色の半纏に、短く刈った白髪《しらが》頭。小柄で肩幅だけがやけにがっしりしているご老人だ。

その〝半纏おじさん〟は何をするでもなく、ただじっとこちらの窓を眺めている。ビー玉の如き表情のない目で、ただ見詰めているだけである。感情が表に顕《あらわ》れていないから、何のつもりなのか皆目見当がつかない。ひたすらこっちを観察している。身動《みじろ》ぎ一つせず、じっと見ているのだ。意味が分からないから不気味である。かと言って実害があるわけでもないので、どうすることも出来ない。ただ気色悪いだけである。

「おい、久高くん。またいるぞ、半纏おじさん」

冷泉は隣に立つ久高にそっと伝える。久高も目を丸くして、

「あれれ、本当ですね、また突っ立っていますす」

毎日出入りする久高も〝半纏おじさん〟のことはよく知っている。

「何やってるんでしょうね、毎度毎度」

「さあ」

「でも、師匠の部屋をいつもああやって見てますよ」

「うん、何のつもりなのかな。訳が分からん」

「刑事に言えばよかったかもしれませんね、いい機会だから」

「見知らぬおっさんがしょっちゅう見てて気味が悪い、と訴える？」

「そうです、実際不気味でしょう」

「まあ確かに嫌な気分だけど、特に害があるわけでもないし、まともに取り合ってくれないだろう」

と冷泉は〝半纏おじさん〟を無理に意識から閉め出して、ソファに戻った。途中で、刑事の名刺を自分の机の引き出しに放り込む。

久高も諦めたように窓辺から離れると、刑事達が座っていたソファに移動して来て、飲まずに放置されたコーヒーをしかめっ面《つら》で見る。

冷泉は元いたソファに腰を降ろしながら、

「半纏おじさんはともかく、刑事の仲間がやけに大勢いたな。あのスーツの連中、どうして六人もいたんだろう」

疑問を口にしてみた。久高がそれに答えて、

「多分、師匠を任意同行で引っ張る可能性を考えてのことじゃないでしょうか。逃亡しないよ

う、この建物の周りを囲むために人員が必要だったんですよ」

「私を？　逮捕するつもりだったのか」

冷泉が驚いて言うと、久高はあくまでも冷静に、

「逮捕じゃなくて任意同行ですよ。逮捕状があったら問答無用で拘束できますからね。あくまでも自由意志での同行という形で連れて行きたかったんでしょう」

「ひょっとしたら疑われていたのか、私は」

「刑事達は聞き込みの結果、被害者女性とミステリー作家の冷泉彰成が最近接触しているらしいと知った。他に疑わしい人物はいないし、このミステリー作家が怪しい。そう考えたんじゃないでしょうか」

「しかしそれは私じゃない」

「だからあちらさんも拍子抜けしたんでしょうね」

と久高は苦笑しながら、

「被害者と最近になって連絡を取り始めた怪しい作家がいる、もし本人だと認めたら連行して絞り上げてやる、って意気込んで乗り込んで来たんでしょうね。ところが本人が、それは私じゃありませんとあっさり否定しちゃったんです。意気込みの持って行き場に困ったことでしょう」

「認めていたら連れて行かれていたのか」

冷泉はぞっとして呟いた。殺人事件の容疑を掛けられそうになっていたのだ。とんでもないことである。自慢ではないけれど気が弱い。そんな恐ろしいことが出来るはずもないではないか。

殺人なんて小説の中だけで充分である。

冷泉が困惑していると、久高はスマートフォンを操作していて、

「あ、事件の記事、出てますよ」

と、画面をこちらに向けてくる。冷泉はそれを読んだ。本当だ。載っている。八重樫結愛さん、二十七歳会社員が絞殺死体で発見された、とある。顔写真も載っていた。柔和《にゅうわ》な目元をしたなかなかの美人である。記事には刑事が話していた以上の情報はなく、幸いなことに冷泉の件にはまったく触れていなかった。

久高はスマートフォンを引っ込めながら、

「何者かが師匠の名を騙って被害者に接触したんです。ファン心理を利用して近付いて、直接会う段取りまでつけていた。会っても師匠は覆面作家だから、顔の真偽は判断出来ません。偽者が、私が冷泉彰成だ、と名乗れば被害者はそれを信じ込むでしょう。見破る方法なんかないんですからね。極端な話、女性でも問題ないはずです。性別すら公表していない覆面作家ですから、どんな人物でも師匠に成り済ますことは可能です。そして被害者に近付いた」

「女性っていうのは飛躍しすぎとして、何のためにそんなことをする？　いや、近付くのは分かるよ。若い女性と懇意《こんい》になりたかったんだろう。だけど何故殺さなくちゃいけなかったんだ」

冷泉の問い掛けに、久高は首を傾げて、

「さあ、そこまでは何とも。手持ちの情報では動機を推測するのは無理ですよ。とにかく殺害してから被害者を移動させた。車を使ったんでしょうね。師匠のあのクラシックカーでも可能でし

ょう」

「気を遣ってくれなくていいよ、素直に中古のポンコツと言ってくれ。まあ、私の小さい車でも可能だろうけど。女性の体なら後部座席にでもトランクにでも隠せるし」

と冷泉は、何となく自分の机の方を見ながら言った。車のキーがそこの引き出しに入っているのだ。ファンレターや怪文書、それに刑事の名刺、とりあえず何でも机の引き出しに突っ込んでおくのが冷泉の癖である。

久高が自分の机からコピー用紙を持って来る。例の怪文書をコピーした物である。

それをめくりながら久高は、

「刑事はこれに興味津々でしたね。現物まで持って行ったくらいですし」

冷泉は首を傾げて、

「ただのいかれた酔っぱらいの譫言《うわごと》みたいな内容なのに、何がそんなに気になったんだろうな」

「どこかに捜査上引っ掛かる箇所があったに違いありませんよ」

「私の崇拝者だとかいうたわ言が？　どうしてそんなことに引っ掛かるんだ。そもそも私は事件に何の関係もないのに」

「そこじゃありませんよ。殺人を捧げるとか何とか、そっちでしょう。きっと」

「その部分にしたって頭のお目出度い人の妄想だろう」

冷泉が言うと、久高はコピー用紙を見詰めながら、

「そうとは言い切れません。刑事の興味を引く何かがあったはずです」

「具体的には?」

「具体性のある文章は、水に関するところでしょうか。『天空の海』になぞらえて、の箇所です。具体的に何か書いてあるのはその部分くらいですから、恐らくここでしょうね」

「水が事件に関係していると?」

「まず間違いないでしょう。『天空の海』になぞらえて死体を彩った、と書いてあります。水で清めた、水のバプテスマとあります。バプテスマって確か洗礼って意味でしたよね。要は浄化ということなんでしょうけど、これが事件に関係しているんですよ、きっと」

「しかしさっきの刑事は何も言っていなかった。ネットの記事にも出ていないし」

「秘密主義なんですよ、警察は。しかし水か、水、水、何の関係があるのかなあ」

呟きながら、久高はしきりに首を捻っていた。

*

その深夜、冷泉は連載中の『月光庵の殺人』の原稿を書き進めていた。

〆切りにはまだ間があるが、先回りして仕上げておいて損はない。久高と冗談半分に言ってる作家の心得ではないけれど。〝すぐ書く良く書く速く書く〟の精神は大切だ。

殺人事件の話を書いていると、どうしても夕方の刑事の訪問を思い出してしまう。

ファンレターをくれた女性が殺された。会ったこともないけれど、痛ましいことだと思う。自分のファンが亡くなったというのは気持ちが沈む。

しかし、容疑者扱いされそうになったのは心外である。冷泉の名を騙った奴がいる。そいつが犯人なのかもしれない。とても不愉快だ。

アリバイを聞かれたから、死亡推定時刻は十一月一日の夜九時から十一時なのだろう。

ふと、冷泉は思い出す。

その夜は確か、久高に宿題を出した日ではなかったか。そうだ、間違いない。その日だ。気紛れでたまには先生面しようと、短編小説を書いてくるよう指示したのだ。

久高はそれに応えて徹夜で仕上げて来たっけ。あれ？　ということは、久高にもアリバイが成立するんじゃないか。そう冷泉は思った。

あの日、久高は夕方の六時頃に帰って、翌朝六時に原稿を完成させて持って来た。その間、十二時間である。原稿は二十七枚あった。六時に帰って夕食や構想に二時間。一時間に三枚書くとして、二十七枚仕上げるのに九時間は掛かる計算になる。ぶっ通しで書き続けるわけにもいかないから、途中に休憩も挟むだろう。途切れ途切れで合計一時間の休息を取ったと考える。構想二時間、執筆に九時間、休憩に一時間。ちょうど十二時間が埋まってしまう。夕方六時から早朝六時まで、久高は徹夜で原稿に取り組んでいた計算になる。これでは人を殺したり死体を公園に運んだりする時間など取れそうにないし、そもそも手段もない。久高は車を持っていないのだから。

ミステリーの小説だと、こういう事件の場合は身近な人物が真犯人だった、というケースが圧倒的に多い。その方が意外性を演出できるからである。見ず知らずの何者かが犯人だった、というストーリーでは読者の興味を引けない。だからどうしても作者は、身近な登場人物を犯人に設定する。

ただ現実は、そう単純には行かないようだ。一番身近にいる弟子が犯人でした、というのはフィクションの中ならではの展開らしい。久高にはアリバイがある。現実の事件は小説とは違う。良かったな、と冷泉は思う。

ただし、対外的にこれを立証するのは難しいかもしれない。宿題の原稿はあらかじめ書いておいたのだろう、と疑うことが可能だからだ。

しかし、冷泉は久高のアリバイに確信を持てる。何故なら久高が徹夜で書いた短編は、その日の夕方に二人で喋った雑談を踏まえた内容だったからだ。執筆に掛かるほんのちょっと前の雑談の内容が反映されている。これはその夜に書いた証拠に他ならない。三人称という小説技法を強く意識した構成で、車のトランクに隠した死体というモチーフも、冷泉が仮に案出した小説から取っている。すべて夕方の雑談から派生した発想である。冷泉の講義もどきの雑談へのアンサーとして書かれた短編だった。だから、あれは絶対にあの夜に書かれた物だと、冷泉には断言できる。

とはいえこのアリバイは、冷泉の証言という足場の元だけに成り立っている。他人に立証してみせるのは難しい。冷泉の証言が嘘だと言われてしまえばそれまでだ。警察相手には信じてもらえるかどうか、微妙なところだろう。客観性がなく、冷泉の証言のみが頼りの主観的なアリバイなので、疑おうと思えばいくらでも疑える。だからこれは刑事にわざわざ主張することではないのだろう。

ただ、冷泉としては久高を信じられるのはありがたい。近くにいる者を疑うのはくたびれるし、信用して何もかも話せる相手がいるに越したことはない。

いや、近くといえば冷泉自身が一番近いのか。自分に最も身近なのは自分自身である。もし冷泉が犯人ならば、自分で自覚していないうちに被害者と連絡を取り、知らないうちに殺していたことになる。

いやいや、馬鹿げている。そんなことがあるはずもない。もしそうならば、記憶に何らかの問題があることになってしまう。万が一そんな症状が出ているのなら、記憶も途切れたりしていることだろう。あの夜、冷泉も原稿を書いていた。眠っていないので意識も連続している。自覚していないうちに、体だけが勝手に人を殺しに出掛けているはずがない。

だいぶ前に、二重人格ネタのミステリーが流行《はや》った時期があった。主人公が意識していなくても、内なるもう一人の人格が真犯人だったというオチだ。今時そんなのを書いたら、読者から総スカンを喰らうだろう。

くだらない、と冷泉は一人苦笑してしまった。

自分が犯人でないことは、冷泉自身が一番良く知っている。

そんな馬鹿げたことを考えていても仕方がない。

さあ、仕事に集中しなくては。

冷泉はキーボードに指を置き、原稿書きに戻った。

＊

翌朝、警察は本当に指紋採取にやって来た。

しかも早朝の八時だ。

茂手木刑事には夕方にするよう頼んでおいたのだが、どこかで連絡の行き違いがあったらしい。

昼夜逆転生活をしている冷泉にとっては、仕事が終わった寝入りばなである。大迷惑だ。だから冷泉は、ほとんど寝惚《ねぼ》けたままで対応した。

やって来たのは、昨日の刑事とは別の二人組の男だった。二人とも早朝にもかかわらず、きちんとスーツを着ていた。

何を話して何をしたのか、寝惚けていてあまり覚えていない。

ただ指紋を採るのに、カード決済の時に使うような小型の機器に指を押し付けて、コピーを取るようにしたのは印象的だった。今は朱肉を使ったスタンプ式ではないらしい。なんでもデジタルスキャナだそうで、機器の表面は透明なガラスになっていた。なるほど、これなら指が汚れることもない。

指紋など採られるのは容疑者として扱われているみたいで、あまり気分の良いものではない。

もっとも徹夜明けの冷泉はそんな感情も長続きせずに、警察の技官二人組が帰ったらすぐに寝直してしまったのだけれど。

夕方過ぎに起き出すと、冷泉は朝食兼昼食に出かけた。その帰途、マンション入り口の集合郵便受けにそれが入っているのを見つけた。

やれやれ、またか。と冷泉はうんざりして肩をすくめた。

一枚のチラシだ。駅前のスポーツジムの宣伝だが、問題は表側ではない。裏の白い面である。何も印刷されていない裏側にサインペンで手書きの文字が書かれている。利き手の反対で書いたような崩れた字体だ。

『いいかげんメイワクだ

窓のアカリがまぶしい

夜オソクまでつけるのはヤメテください

シッピツでタイヘンなのはわかるが近所メイワクです

夜中までアカリをつけているのはヒジョウシキだとはオモイませんか

どうしてカイゼンされないのか

ナンドいえばワカルのか

ほんとうにヤメテください』

ぎくしゃくとした震えた文字で、紙いっぱいに書かれていた。

冷泉は矯《た》めつ眇《すが》めつチラシを検分する。変な文字が書いてある以外はごく普通のビラである。

特に変わったところもない。

ただ、内容が冷泉にとっては心外だった。近くに住む人からの警告なのだろうか。しかし、冷泉には身に覚えが無い。冷泉の部屋のカーテンは遮光《しゃこう》カーテンだから、閉め切ってしまえば夜中でも灯りが洩れることなどないのだ。せいぜいカーテンの隙間から筋状の光がこぼれる程度だろう。それが近所迷惑になるとも思えない。

シッピツというのは執筆のことだろうか。冷泉の職業を、この警告文の主は知っていることになる。それが不気味だ。作家だとバレているのならば、これは冷泉に宛てた物なのだろう。部屋番号を間違えている可能性は低い。

実は似たような物をこれまでに三回受け取っている。どれもマンションの集合郵便受けに入っていた。古いマンションはオートロックなどという洒落た機能とは無縁なので、近所の者なら誰でも投函できるはずだ。三回ともチラシを再利用した物だった。不動産屋のチラシにパチンコ店のチラシ。そして前回は確か、駅前の居酒屋のチラシだったと記憶している。その裏の白い面に、こうして苦情とも警告ともつかぬ文章が書いてあった。訳が分からない。

こんな物を持っていても仕方がないので、丸めて捨てようと思ったのだが、ふと、例の殺人事件のことを思い出した。冷泉に成り済ましたと思われる犯人は、こちらが作家であることを知っている。ひょっとしたらこの迷惑なチラシも何かの手がかりになるかもしれない。

そう考えて、一応は保管しておくことにした。

その夕方、太平洋出版の編集者、渡来紗央莉が訪れた。

今日は十一月十二日の火曜日、通例のゲラのやり取りの日である。

渡来は例の調布の大御所先生のところからの帰りで、ついでにここへも立ち寄ったのだ。

今回は冷泉がチェックを終えたゲラを渡すだけなので、用件はすぐに済むはずだった。ところが渡来は立ったままで、開口一番、

「冷泉さん、申し訳ありませんでした。警察の人にここの住所を教えてしまいました。公務だとか言われて無理やり聞き出されてしまって」

申し訳なさそうに何度も頭を下げる。冷泉は鷹揚《おうよう》に笑って、

「気にしないでください。今回のケースは仕方がないですよ」

「でも、覆面作家の正体を明かすなんて最大のタブーを破ってしまって、本当に申し訳なくて」

「いやいや、殺人事件の捜査だというんだから、協力しないわけにはいかないでしょう。私の正体がどうこう言ってる場合じゃないですから」

冷泉は言い、渡来に座るよう促した。それでようやく、いつものようにソファセットに向かい合わせに腰を落ち着けた。

「その殺人事件の捜査とかで、今朝、会社に私の指紋を採りに来ました」

と渡来は言う。冷泉は意外に思って、

「へえ、渡来さんまで巻き込んでるんですか、警察は。何のつもりなんだろう」

「何だか、不審なファンレターがどうとかって言っていましたよ」

ああ、あの怪文書の一件か。と冷泉は思い当たった。あれは太平洋出版の編集部気付で届い

た。渡来の手も経由している。それでわざわざ指紋採取に行ったわけか。念の入ったことである。

冷泉が半ば呆れ半ば感心していると、久高が渡来にコーヒーを出しながら、

「それ、僕のところにも来ましたよ。朝、バイトに行く直前で閉口しました」

「きみにも迷惑をかけたのか、すまなかったね」

冷泉はつい謝ってしまったが、考えてみれば冷泉が謝罪する義理は一つもない。冷泉自身も関係ないのに巻き込まれた、被害者の一人なのである。言ってみれば貰い事故だ。迷惑極まりない。

そんなことよりも、と久高は続けて、

「来たのは普通のスーツの二人組でした。詰まらないですよね。せめて鑑識の制服を着ているのを見たかったのに。それじゃなかったら白衣とか」

「変なところに拘るね、きみは」

冷泉が笑っていると、ソファの向かいに掛けた渡来はコーヒーカップに手を伸ばしながら、

「それより大丈夫なんですか、殺人事件の捜査なんておかしなことに巻き込まれて。面倒なことになっていませんか」

と心配そうに言う。久高は自分の席に戻りながら茶化した口調で、

「もうなっていますよ。師匠は昨日、危うく警視庁まで連行されるところだったんですから」

「えっ、大変じゃないですか。冷泉さんはそんな深いところまで関わっているんですか」

驚く渡来に、冷泉は片手を横に振ってみせ、

「いやいや、私は関わっていません。久高くんも大袈裟に言わないの。ただ、どうやら私の偽者が現れたみたいでしてね。それで色々と事情聴取をされただけの話で」

「冷泉さんの偽者と私の指紋がどう関係してくるんでしょう」

渡来は不思議そうに言う。冷泉は大したことはないというふうな口調を保ったままで、

「ああ、それはこの前の、先週でしたか、ファンレターを持って来てくれたでしょう。あの差出人がちょっと独特な人のようで、警察はそこに引っ掛かっているみたいで。別に大騒ぎするようなことでもありませんよ」

「ファンレターってあの事務用の茶封筒ですか」

「そうそう、あれです」

「やっぱり変な物でしたか。すみません、こちらで処分しておくべきでしたね。気が回らずに申し訳ありませんでした」

「いえ、渡来さんが謝ることじゃありません。それに、本当に大したことじゃないんですよ。気にしないでください」

冷泉は、渡来に不要な心配をかけないよう、殊更何でもないように言う。あの怪文書の一件を渡来に話しても、無駄な不安を煽《あお》るだけだ。沈黙は金。黙っているに越したことはない。

それでも渡来は気掛かりなようで、コーヒーカップを口に運びながら、

「殺人事件って、どんな話だって警察は言ってるんですか」

「なんでも大久保駅近くの公園で若い女性の遺体が発見されたそうです」

と冷泉は、刑事に聞かされた事件の概要をざっと渡来に伝える。渡来は眉を顰めて、

「怖いですねえ。小説の中では殺人事件はいくらでも扱いますけど、現実の事件となるとやっぱり恐ろしいですよ」

冷泉は頷いてみせ、

「フィクションの殺人事件は完全に絵空事《えそらごと》ですからね。実際の事件とは重みがまるで違います。被害者は本当に命を落とし、ご遺族は悲嘆《ひたん》に暮れる。陰惨なものでしょうね。ミステリーの中ならば殺人もゲーム感覚で楽しめますけど、現実はそうはいきませんから。まあ、現実に何かの事件に巻き込まれることも、そうそうないでしょうけど」

すると渡来は、ぽんと両手を打ち合わせて、

「あっ、そういえば、私もこの前、ちょっと変なことに巻き込まれたんですよう。あれ、何だったんだろうなあ」

「何かあったんですか」

「うーん、あったたって程じゃないんですけどねえ」

渡来は言葉を濁《にご》す。いつものおっとりとした、のんびりペースの口調だ。しかしそう言われたら気になる。冷泉は話の続きをせがんだ。それに応じて渡来は、ためらいがちに、

「本当に大したことじゃないんです。ただ、おかしな電話があっただけで」

と話し始める。

「先週、えーと、調布とここへ伺った次の日ですから、六日の水曜日ですね、会社に電話が掛かって来たんです。編集部の番号じゃなくて、ホームページや広告なんかにも公表している代表番号の方に。代表っていってもうちみたいな中規模出版だと専用の受付があるわけじゃないんで、総務の方に掛かるんです。そっちに電話があったんですけど、内容がちょっと奇妙なものでした」

「どう奇妙なの？」

「編集部の渡来さんに伝言を頼みます、って内容だったそうです。今日の夕方六時に伺いますから会社の玄関まで迎えに来てほしい、と」

「何ですか、それは」

冷泉はつい疑問の声を上げてしまった。久高も自分の席に座って椅子を半回転させ、こちらを興味深そうに見ながら、

「気味悪いですね、それ」

「ですよねえ。電話を受けた総務の子も少し怖がってました。私も伝言を受けて不気味で」

寒がるように肩をすくめる渡来に、冷泉は問いかけて、

「電話してきたのはどんな人物でしたか。総務の方は何と言っていました？」

「男の人の声だったそうです。くぐもって聞き取りにくかったって。多分、作り声でわざと低い声で喋ってたみたいで。あからさまに不審だったたって言ってました」

「特徴を知られたくなかったのか」

と冷泉が言うと、渡来は頷いて、

「そうでしょうね、怪しいでしょう」

「それで、どう対処したんですか。警察に届けましたか」

「いえいえ、そこまで大袈裟にする程のことでもないですよう。でも一応、編集長に相談して、社内は警戒するようにしました」

「夕方六時、行ったんですか、玄関に」

冷泉の質問に、渡来はゆっくりおっとり首を左右に振って、

「うちは大手さんと違って受付とかないんですよ。ただ、守衛さんが一人、常時立ってはいます。おじいちゃんの守衛さんですけど、警備会社の制服の人が一人いるだけでセキュリティはだいぶ違いますからね。その守衛さんとも話し合って、私、柱の陰の外から見えないところに隠れて観察してたんです。もしかしたら知ってる相手が現れるかもしれないんで。とにかく、どんな人が来るのか確かめようとしたんです」

「危ないことをしますね」

冷泉は思わず顔をしかめてしまったが、渡来はけろりとした様子で、

「大丈夫ですよう、もう一人、若くてゴツい守衛さんにボディガードに付いてもらっていましたから」

「それで、六時にどんな男が現れましたか」

「それが残念、誰も来ませんでした」

「え？」

「がっくり拍子抜けでしょう。誰も来なかったんです。十五分経っても、六時半になっても、まったく誰も来る気配がなくって。守衛さんとも、どうしたんだろうねって話しながら隠れ場所から出て。玄関から外の様子を窺《うかが》ったりしたんですけど、やっぱり不審な人なんて一人も見掛けませんでした」

「びくびくさせておいてそれで終わりですか」

冷泉がほっとしながら言うと、渡来は不満そうに口を尖らせて、

「ひどいでしょう。一日怖がらせといて結局何もなしなんて。尻すぼみもいいとこです。人騒がせにも程があるでしょう」

「うーん、しかし何をしたかったんだ、その電話の男は」

と冷泉が首を傾げると、同じように渡来も首を捻って、

「ですよねえ、意味不明です」

その背中に向かって久高が声を掛け、

「渡来さんを名指しにしてきたんですよね」

「そうです。編集部の渡来さんって、はっきり言ったそうです」

「ファンじゃないのかな、渡来さんの」

「まさかあ、私にそんなのはいませんよう」

「分かりませんよ、美人編集者にファンが付くこともあながちないとも言えない」

「もう、からかわないでくださいよ」

久高の軽口に、硬かった渡来の表情が緩んだ。

確かに渡来は美人である。というか、かわいらしいタイプだ。小動物系と言うかゆるふわ系と言うか、モテそうなのは間違いない。

渡来に好意を持っているのに声を掛けられない社内の内気な男が、ちょっかいを掛けたくなって悪戯《いたずら》したとか、そういう話なのだろうか。

冷泉がそんなことを考えていると、久高が渡来に質問している。

「それ、先週の水曜ですよね。その後、何か変わったことはありませんでしたか」

「うーん、特にないですねえ」

「だったらちょっとした悪戯か何かなのかなあ。おかしなストーカーか何かだったら、もっとしつこくアプローチしてくるだろうし。一過性のものなのかもしれませんね」

「まあ、そうでしょうねえ。他には何も起きてませんから」

「謎は残りましたけどね。うーん、ちょっと気になりますね。おかしな呼び出し電話の謎か。少し考えてみようかな」

独り言みたいに呟く久高に、渡来はあっけらかんと、

「もういいですよう、実害があったわけでもなし。これで何もないでしょう。冷泉さんの殺人事件の話も、多分これで終わりでしょうね。もう警察の邪魔も入らないでしょうから、お仕事に集中してくださいいね」

そして、呑気な顔で渡来はおっとりと、

「久高さん、コーヒーのお代わり、頂けますか。やっぱりここのコーヒーは一味違いますよねえ」

渡来の言うように終わりではなかった。

＊

その二日後、十四日の木曜日に、刑事が再びやって来たのだ。

茂手木刑事と里見刑事のコンビである。

前回と変わらず二人とも、顔に薄皮一枚の透明マスクを被ったみたいで、何を考えているのか表情が読みにくい。茂手木刑事は爬虫類っぽい顔立ちだから、余計に顔色が窺えない。

ちゃんと先日の約束を守って夕方に来てくれたのは結構だけれど、出来れば来てもらいたくはなかった。刑事の訪問が嬉しい者などいない。

二人は並んで座り、冷泉は向かいのソファで向き合って対応した。二人とも何故だかコートを着たまま脱ごうとしなかった。

久高がコーヒーを出しても、茂手木刑事はそれに目もくれずに本題に入った。

「先日お預かりした手紙、冷泉さんに言わせると怪文書ですね。あれを調べてみました」

温かみを感じさせない爬虫類じみた目で、じっとこちらを見てきた茂手木刑事は、

「消印は渋谷中央局。どこから投函したかは不明です。繁華街のポストなどを使われたら、どんな人物が投函したか調べるのは事実上不可能ですので。そして封筒には雑多な指紋が付着していました。これは仕方がありません。郵便局の集荷人、仕分け係、配達員、そして届いた先の太平洋出版でも何人もの人の手を経由しているはずです。差出人の指紋を特定するのは困難です。切手もごくありきたりの物で、接着面からは糊《のり》の成分しか検出されませんでした。中の手紙本体からも、差出人を特定する特徴的な痕跡は見つかっていません。紙はごく一般的な事務用紙で、特別な残留物が付着しているということもなし。指紋は、直接触った冷泉さんのものとアシスタントの久高さんのものだけ。その他には指紋は検出されていません。その代わり手袋痕が多数見つかっています。差出人は手袋をして手紙を扱っていたようですね」

「そんなことまで分かるんですか」

冷泉が感心して言うと、茂手木刑事は特に表情を動かさずに、

「分かります。手袋の指先が触れた痕跡が残りますから。差出人は指紋を残さないように細心の注意を払っていたようです。フォントから、文書はワードで作成されたものと判別できました。一般的に出回っているソフトなので、そこからパソコンの機種を特定するのは困難でしょう。それからプリンタはK社の製品で、これも追跡するのは難しそうです」

K社といえば国内シェアナンバーワンの有名メーカーだ。どれだけの数が普及しているものか、ちょっと見当が付かない。冷泉の仕事場で使っているプリンタもK社製の物である。

茂手木刑事は続けて、

「というわけで封筒からも手紙からも物証は出ませんでした。ここから差出人を特定するのは、ほぼ不可能と言う他ありません。それは想定していましたが、問題は内容です。書かれていた文言に、我々捜査陣の興味を引く箇所がありました。冷泉さんはミステリー作家だから〝秘密の暴露〟という言葉をご存じですね」

「ええ、小説でもよく使います」

と冷泉は頷く。犯人しか知り得ない情報を口走った者がすなわち犯人である、と認定される理屈のことだ。ミステリー小説でもお馴染みの「おや、私は被害者の手に付着していたのが赤いインクだとは一言も言っていませんよ。どうしてあなたはそれをご存じなんですか」というやつである。

茂手木刑事はコートのポケットから折り畳んだ紙を取り出し、それを開いた。コピー用紙のようだから、恐らく例の怪文書をコピーした物なのだろう。

「この手紙、冷泉さんのおっしゃる怪文書ですか、ここにも秘密の暴露がありました。これはまだマスコミにも伏せている事実です。知っているのは我々捜査陣と発見者、そして犯人だけです」

茂手木刑事の言葉に、冷泉はこの前久高と話し合ったことを思い出して、

「ひょっとしたら水に関することですか。『天空の海』になぞらえた、とか何とかいう部分」

そう言うと、茂手木刑事は感情の感じられない爬虫類じみた目でじっと見てきて、

「よくお分かりですね、さすがはミステリー作家だ。実はその通りなんです。ここからはオフレ

コで願います」

と後ろの久高を振り返り、

「久高さんもいいですね。他言は無用に願います」

「分かりました」

自分の椅子に窮屈そうに座った久高が頷く。

それを確認してから、茂手木刑事はこちらに向き直って、

「こういう小説のような外連味《けれんみ》のあることは専門家に聞くのが一番早道だ、という意見が捜査本部でも出ましてね。それで本職のミステリー作家の冷泉さんにもご意見を伺いたいと思いまして」

「専門家という程のものではありませんが、私でお役に立てるのなら何なりと」

冷泉が答えると、他に誰の耳があるわけでもないのに声を潜めて茂手木刑事は、

「八重樫結愛さんの死体は小さな公園で発見された、というのは先日お話ししましたよね。児童用の遊具などもない、寂れた公園だと。ただ、水飲み場だけはあったのです」

「水飲み場」

冷泉はつい繰り返して言ってしまう。水が登場した。

「水道の水が上に飛び出る蛇口と下に流れる蛇口、二つの水の出口があるタイプです。犯人はこの水飲み場に、わざわざ八重垣結愛さんの死体を運んでいる。そして下向きの蛇口の真下に死体の顔がくるように調節しています。そうしておいて死体の口を無理やりこじ開け、そこに水道の

水を勢いよく流し込んでいたのです」
「口に水を?」
あまりの異様さに、冷泉はまた言葉を繰り返してしまう。茂手木刑事は無表情に頷いて、
「そう、口にです。水道の水は出しっ放《ぱな》しで、まるで水をガブ飲みしているような形になってい
たわけです。もちろん死体は水は飲めません。水が口から溢《あふ》れ出て、顔も上半身も水浸しでし
た。恐らく一晩中、そうやって流しっ放しにしていたと思われます。発見者が見つけた時も、水
は勢いよく口から溢れ続けていたということです。そこでこの怪文書が問題になります」
と茂手木刑事は手元のコピー用紙をめくって、
「冷泉さんの小説『天空の海』になぞらえた、と書いてあります。水で清めると。これは犯人し
か知り得ない秘密の暴露に当たります」
ここで若い方の里見刑事が口を開いて、
「冷泉さんの作品『天空の海』は被害者を溺死《できし》させるストーリーでしたね。読みました。高層ビ
ルの屋上で死体が発見される。そこには貯水タンクの類はないのに、死因は何故か溺死だった。
しかも肺《はい》の中を満たしていたのは海水だった、という謎が小説の発端でしたね」
「そうです」
冷泉は頷く。自分の書いたものだから、さすがに内容は把握している。しかしどうでもいいけ
れど、現職の刑事に自作のミステリー小説の内容を語られるのは面映《おもは》ゆいというか、尻がこそば
ゆくなるみたいな変な気分だった。

「小説のラストで明かされる真相はこうでしたね。犯人は被害者を海で入水《じゆすい》したように見せかけたかった。そのために海水を大きなポリタンクで運んで来る。そしてビルの上階にある私室の洗面台に海水を満たして、そこに被害者の顔を押し付けて溺死させる。これで死体を海に捨てに行けば入水死体になるはずだった。しかしそういった細工をしたにもかかわらずアクシデントがあって海に運ぶことができず、追いつめられた結果、屋上に放置するしかなくなった。とそういうトリックでしたね」

里見刑事は言う。そうやって要約されるとひどく陳腐《ちんぷ》なトリックに聞こえる。本来はそこにアリバイ工作や死体の移動方法などの各種仕掛けが入り組んで、もっと複雑な話に仕上げたつもりなのだが、まあ簡略化してしまえば里見刑事の言う通りである。

冷泉はちょっと不満ながらも頷いて、

「そういう内容です。しかし今回の事件は絞殺とおっしゃっていませんでしたっけ」

「絞殺です。紐状の物で首を絞められていました。監察医の言うには、犯人は被害者にのしかかるような姿勢で首を絞めたようです」

「そんなことまで分かるんですか」

と冷泉が感心して言うと、里見刑事は淡々と、

「被害者の後頭部の髪、これが広範囲に亙《わた》ってよじれていたそうです。これは頭の後ろを床に擦《こす》り付けられながら絞められた痕跡だというのが、監察医の見解です。絞めている間、何度もこう、ずりずりと擦った。それで髪がよじれたというわけです」

「床だと分かるんですね。壁でも後頭部が同じようになりそうですけど」

冷泉が言うと、里見刑事は首を振って、

「その場合は索条痕の角度が違ってくるそうです。壁に擦り付けながら絞殺したら、被害者自身の体重で体が下にずれて、索条痕は斜めになるはずだそうです。しかし今回の絞め跡は水平でした。これは被害者が床に仰向けになり、犯人がその真上にいたことの現れとのことです。つまり犯人は、被害者の上に馬乗りになるような姿勢でのしかかって絞めた、と推定できるということです」

「なるほど、法医学は進んでいますね」

ミステリー作家として思わぬ勉強になってしまった。冷泉が感心していると、今度は茂手木刑事が発言して、

「ただ、絞殺と溺死とでは大きく違っています。怪文書にあるように、小説になぞらえたとする文言との食い違いを指摘する声も本部では上がっています」

「ああ、それは問題ないんですよ」

と冷泉は軽く片手を振ってみせて、

「今回の水を飲ませる形にしたのは、どうやら見立てと言って良いようです。見立てというのは、別の物を何かに喩《たと》える行為ですね。俳諧《はいかい》や和歌などでもあるように、ある物を別の物と見做《みな》して表現するんです。日本庭園でも砂利《じゃり》に文様を作って、それを川の流れと見做すようなことをするでしょう。そういう趣向を見立てと呼びます。ミステリーの世界でもしょっちゅう出てきま

すよ。よく使われるのは死体を何かに見立てる手法です。死体を逆さに吊って、身を逆さまにした鶯《うぐいす》に見立てる。釣り鐘《がね》の中に死体を押し込み、兜《かぶと》の中のキリギリスに見立てる。それこそ口に漏斗《ろうと》を突っ込んで川の水を流し込んで、大酒呑みに見立てる。そういった、判《はん》じ物《もの》みたいな側面も割とあります。だから死因はあまり関係ないんです。結果的にそういうふうに見える絵面《えづら》になれば、それで見立ては成立するんです。死体を装飾してそう見えるようになぞらえる。そこが肝要です。そういう意味では今回の怪文書にあるように、水を無理やり口に流し込んでいるのは、私の小説の溺死させられた被害者に見立てたことになるわけです」

冷泉がミステリー作家ならではの知識を披露して見せると、茂手木刑事は無表情な顔を頷かせて、

「なるほど、そういったものですか。分かり易いレクチャー、痛み入ります。いや、この怪文書の書き主は、冷泉さんの信奉者を自称するだけあってミステリーマニアのようだ。我々にはそちらの世界の定石は分かりませんが、こうやって本職の方に解説して頂くと呑み込み易い。これは大いに助かります」

と特に感謝した様子も見せずに言う。そして茂手木刑事は続けて、

「とにかく、秘密の暴露があったからには、この怪文書は犯人が書いた物で間違いないと思われます。冷泉さん、これを書いた人物に心当たりはありますか」

「ありませんね、まったく」

冷泉は即答する。あったらとっくに報告している。本当に思い当たる節が全然ない。

「もちろん冷泉さんが書いた物でもないんでしょうね」

「当然ですよ、勘弁してください」

「もう一度、専門家としてのご意見を拝聴したい。ミステリー小説で見立てをする意味は、どこにあるものなのでしょうか。小説の中の犯人も、伊達《だて》や酔狂《すいきょう》で死体の装飾などはしないでしょう。何か実利的な理由があって見立てをするはずです。その辺は小説の世界ではどうなっているんですか」

茂手木刑事はなかなか難しい質問をしてくる。あまりマニアックな解答では意味が通じなくなりそうだと考え、冷泉はなるべく平易になるように、

「ケースによりますね。見立てをすることで同一犯の意思が働いていると見せかける。つまり連続殺人に見えるようにという狙いで、前の事件をなぞって見立てをするとか。見立てをすることで、ある特定の人物を犯人だと思わせるように細工するとか。見立てに意味付けをすることで本来の目的を隠そうとするとか。それこそ狂信者の仕業に見せかけるために見立てをするとか。ミステリーでは色々なバリエーションが考案されています」

「今回の犯人の意図はどうでしょう」

茂手木刑事はまた難題を向けてくる。冷泉は首を傾げて、

「それは何とも。分かりませんね」

「想像だけでも結構です。何か考えられませんか」

「うーん、さすがに難しいですね。犯人像がまったく摑《つか》めていないので、空想することさえ出来

そうにありません」

「アシスタントの方はどうです。久高さん、何か思い付きますか」

と茂手木刑事は体を捻って、背後の久高に尋ねる。

「いやあ、僕にもさっぱり。師匠が分からないんだったら、僕に分かるはずもないですよ」

久高は肩をすくめて言う。

「そうですか、それは残念」

さして残念でもなさそうに茂手木刑事は、こちらに向き直ると、

「この件は一旦保留にしまして、犯人と被害者の繋がりも本部では問題になっています。八重樫結愛さんは冷泉さんの愛読者でした。ファンレターを書き、それに返事が来たことを喜んでいました。近々会う予定だとも言っていました。これは前にもお話ししましたね。そして、この連絡を取ったのは冷泉さんご本人ではなくて、成り済ましの偽者という話になりました」

「そうです。私はまったく関係ありません」

冷泉の主張に茂手木刑事は頷き、

「以前お伝えしたように、被害者の持ち物が丸ごと紛失しています。遺体のそばから無関係な第三者が持って行ったとも考えられませんから、当然殺人犯の仕業です。現在のところ、殺人犯の目的はスマホにある、という目算《もくさん》が高いと思われます。成り済ましの偽者と殺人に繋がりが皆無とも考えにくいので、この成り済まし犯は殺人犯と同一とした方が自然でしょう。従って殺人犯は、スマホに残された履歴を、我々捜査陣に見せたくなかったものと考えられます。八重樫結愛

さんの独り暮らしのマンションからは手紙の類は発見されていません。私物のパソコンからもやり取りは見つかりませんでした。ですのでメールなのか電話なのか、それは判然としませんが、連絡方法にはスマホが使われたと推定される。犯人はそれを隠したかったものと思われます」

「それが分かれば私の潔白も証明されますね。メールアドレスか電話番号か、とにかく私のではないとはっきりします。というか、アドレスが分かれば簡単に犯人に辿り着けますね。プロバイダーにアカウントを開示してもらえば、犯人の正体もすぐ分かる。それを防ぐためにスマホを奪ったんでしょうけど」

冷泉が言うと、茂手木刑事はコピー用紙を指で弾いて、

「文面から読み取ると、犯人は八重樫結愛さんが冷泉さんのファンであることを知っていると窺えます。ここです『相手は先生の高尚な思想を露程も理解せぬ癖に先生の愛読者を自称する若い女でありました』。犯人はそれをどうやって知ったのでしょう。冷泉さん、どう思われますか」

「身近な人間だからではないでしょうか。本人に直接聞いたとか」

「もちろん被害者の周辺の人間は一人一人丁寧に洗っています。しかし身近ではない可能性もあります。例えば、ファンクラブなどはどうでしょう。冷泉さんのファンクラブ。そこで知り合ったと考えれば辻褄《つじつま》が合う」

「私にはファンクラブなんてものはありませんよ。アイドルでもあるまいし」

「そんな大袈裟なものでなくても良いのです。ネット上のファンサイトなどでも」

「それもないと思いますよ。エゴサしててもそんなものは見たことがありません。それは刑事さ

ん達も、もう調べたでしょう。何せ私は知名度ゼロのマイナー作家なんですから」

自虐的に冷泉が言うと、無表情なまま茂手木刑事は、

「しかし文書の中で犯人は冷泉さんの信奉者だと主張しています。もちろん額面通りに受け取る根拠はないのですが、本当にそうした狂信的な愛読者なのかもしれません。そういった人物に心当たりはありませんか」

「まったくありません。何度も言いますけど、私は本当に人気なんかない売れない作家ですよ。狂信的なファンの一人くらいは欲しいものです」

「またご謙遜《けんそん》を。現に八重樫結愛さんは、ファンレターを送る程のファンだったわけでしょう。怪文書の主が信奉者と自認しているからには、我々はそれを調べなくてはなりません。ですから冷泉さんのファン層を知っておきたいのですよ」

「そう言われましてもねえ。私には読者の顔は見えませんから。本を出してそれで終わり。レスポンスはありません。ネットで話題になることもない。ファンレターはごく一部の例外ですよ。ファン層だなんて言われても、まったく分からない。それより私とはまったく関係なく、被害者の方と犯人が知り合いだという可能性の方が高いでしょう。本人の周辺にいないのならば、ストーカーとか何かかもしれませんね」

冷泉が言うと、茂手木刑事は物静かな口調で、

「もちろんそうした可能性も考慮に入れて捜査は進めております。しかし今のところ、そういった人物の影は見えません。八重樫結愛さんはごく大人しい平凡な会社員でした。人間関係のトラ

ブル、男女間の縺《もつ》れ、そういった問題はまったく見られません。殺害される理由が不明なのです」

「そうですか」

「やはり怪文書にあるように、ミーハーなファンを許せない冷泉さんの狂信的な信奉者の逆鱗《げきりん》に触れた、と考えるのが最も有力と思われます」

「そんな狂信的なファンが私に付いているとも思えませんけど」

冷泉が言うと、今まで黙っていた里見刑事が、

「怪文書には冷泉さんのご著書の『愚民死すべし』という主張に共感したと書いてあります。冷泉さんの本にはいつもそうした思想が盛り込まれているんですか。自分には読み取れませんでしたけれど」

「いやいや、冗談じゃありません」

冷泉は慌てて片手を振って、

「そんなこと、どこにも書いたつもりはありませんよ。刑事さんが読んだ通り、私の本はただの娯楽小説です。異様で過激な思想とは縁がない、単に面白おかしいだけの謎解きのお話ですよ。小説の中に自分の思想や信条を織り込むなんて、まともな作家ならやらないことです」

「では、その点については犯人が何か勘違いしているのでしょうか」

「その通りです。誤読というか、読み違いというか、犯人が宇宙から奇妙な通信を受け取って、それを私の著書に仮託しているとしか思えません。完全なデタラメです。だからこそ怪文書と呼

んだわけですから」

「なるほど、分かりました。冷泉さんがテロリストのような過激思想の持ち主ではないと分かって安心しましたよ」

里見刑事が言い、茂手木刑事も、

「とにかく、異様なファンについて何か思い出すことがあったらご一報を。他にも何か思い出したことなどありましたらご連絡頂けると助かります」

そう言って立ち上がった。隣の里見刑事もそれに倣《なら》う。

「では、お邪魔しました」

こうして刑事コンビは引き上げて行った。

ローテーブルの上には、この前と同じくコーヒーが手付かずで残されていた。

二人が帰ってから、久高が、自分の席から刑事達の座っていたソファに移動して来て、

「師匠、エラいことですね。あの怪文書が犯人の書いた物と確定しちゃいましたよ」

とちょっと驚いたように言った。

「秘密の暴露があったんなら、本物に間違いないでしょうね。僕らが予想していた通りでした。師匠のファンは過激ですね、殺人までやらかすんですから」

「変な冗談はやめてくれないか。私にファンなんていないって何度も言わせないでほしいな」

冷泉が顔をしかめて言うと、久高は引き下がらずに、

「でも、本当に狂信者という線も捨て切れませんよ。文面も異様だし。本物のアレな人なのかも

しれません」

「それは困るなあ」

「師匠に捧げる殺人、とも書いてありますし」

「捧げられても迷惑だよ、そんなもの」

と不快感を顕《あら》わにしながら冷泉は、

「しかし謎だなあ、被害者女性が私にファンレターを送るような熱心な愛読者だと、犯人はどこでどうやって知ったんだろう。私のファンサイトはないけど、どこかにミステリーマニアが集まるチャットルームなんかがあるのかな」

「その辺は警察がきっちり調べてくれているでしょう。今はサイバー課も充実しているみたいだし。でも、熱狂的ファンを探しても無駄かもしれませんね。もしかしたら犯人と被害者はまったく知り合いでも何でもなくて、ただの行きずりの殺人ってことも考えられますから」

久高が言うので、冷泉は疑問に感じて、

「それはないだろう。まさか金目当ての強盗だなんて言い出すんじゃないだろうね。この前刑事さんが言ってただろう、被害者の装身具は手付かずで、強盗の線は考えられないって」

「いえ、僕が言っているのは強盗なんかじゃありません。作家の心得第二十三条、想像力の翼を広げろ、でしたね。師匠の教え通り僕も想像してみました。こんな仮説はどうでしょうか。犯人は若い女性を見ると絞め殺したくて堪らなくなるサイコキラーなんです。事件当夜、被害者はたまたまそんな危険な奴に出くわしてしまった。それで殺されてしまったんですよ」

「いや、それはおかしい。犯人はその後、怪文書を書いて送ってきているんだよ。内容に、浅薄《せんぱく》なファンが許せなかった、とあった。つまり犯人は、被害者が私のファンだと知っていたことになる。行きずりのサイコキラーが、どうしてそんな被害者の個人的趣味を知っているんだ？」

「それはもちろん、被害者の荷物がなくなっていたからです」

と久高はよく分からないことを言い出す。

「荷物がなくなっていたからどうだと言うんだ。そんなことで被害者の趣味や嗜好《しこう》なんて分かるはずないじゃないか」

少し非難を交えて冷泉が言うと、久高はしたり顔で、

「バッグにファンレターが入っていたんですよ、出す前の」

「えっ？」

ちょっと意味が分からない。

「半年前にファンレターを出した被害者は、また師匠宛てに新たなファンレターを出そうとしていたんです。それがバッグに入っていた。犯人は荷物を持ち去って、中を漁《あさ》っている時にそれを見つけたんです。そうして犯人は、被害者が冷泉彰成というミステリー作家のファンだと知ったわけです。これ幸いとそれを利用することを考えました。師匠の本を買ってきて読み、付け焼き刃の知識を元に怪文書を書いた。師匠の信奉者に成り済まし、文書の中では熱烈な信者を演じた。それを太平洋出版経由で師匠に送りつけてきた、という段取りです。そうすれば熱狂的な冷泉ファンの犯行と見せかけることが出来ます」

冷泉はちょっと虚《きょ》を衝かれた思いだった。久高の仮説は意外性があった。新しいファンレターという発想には驚きがある。正に想像力の翼を広げている。ユニークなアイディアだと思うが引っ掛かるところもある。

「しかし、どうして犯人はそんな回りくどいことをしたんだ？」

率直に疑問を口に出すと、久高は少し困ったような表情になって、

「理由はよく分かりません。ただ、こう考えれば師匠が事件に巻き込まれた経緯に説明が付くでしょう。サイコキラーは行きすぎとしても、ナンパに失敗した短絡な男がついかっとなって殺してしまった、という可能性だってあります。もしそうだとすれば、いくら師匠のファンを調べて回っても警察は空振り、ということになります」

「私の名前を出す意味が分からないけどなあ」

「大して意味なんかないんじゃないでしょうか。恐らく、師匠という夾雑物《きょうざつぶつ》というか不確定要素を事件に紛れ込ませることで、警察の目を師匠に向けさせる狙いがあるのかもしれませんね。それで自分の方に捜査の手が伸びるのを阻止する、とか。要は被害者が師匠のファンだと知ったんで、ただそれを動機に見せ掛けただけのことです」

「なるほど、私に言わせれば迷惑極まりないけど、それもあるか。いや、待てよ、だったら事前に連絡を取ったのは何なんだ？　ファンレターにレスポンスを返したり、直接会う約束をしていた人物というのは何者だ？　通りすがりのサイコキラーは、事前に被害者と接触できるはずがないだろう」

「それはまた別物です。事件とは無関係の、ただの師匠の成り済ましでしょう。被害者とお近づきになりたい下心のある奴で」

「いや、いくら何でも偶然がすぎやしないか。ファンレターが荷物に入っていたというのはなかなかのアイディアだと思うけど、でも私の成り済ましと行きずりの殺人鬼、二人も不審者が、同時に被害者の周囲に現れたのは出来すぎだろう。さすがに不自然だ」

「そこを突かれると苦しいですね。確かに無理があります。仕方がない。サイコキラー説は引っ込めます。先走りすぎました、反省です」

と久高は苦笑しながら、

「それより僕は、見立てが気になります。『天空の海』から水がポイントだと考えたのはやっぱり正解でしたけど、刑事さんの話を聞いてまた混乱してきました。死体の口に水を流し込んでどうしようとしたんでしょう」

「うーん、謎だな。まあ、本当に見立てなのだとしたら、水道の水を流し込む行為自体には意味がないのかもしれないね。見立ての場面を作り出すことが目的で」

冷泉がそう言うと、久高はほんの少し首を傾げながら、

「僕はちょっと違う視点から考えたいですね。見立てはカムフラージュで、本当は実利的な目的があったとか」

「例えば、どんな?」

「口の中をゆすぐ、というのはどうでしょう」

「ゆすぐ？」

「そうです。刑事さんの説明によると、水は勢いが強かったという話ですよね。水流の勢いで何かを流そうとしたんです。口腔内というのはちょっとありそうにないから、唇に付着した何かとか。例えば、そうですね、犯人は被害者にキスをした、というのはどうです？」

「いきなり殺人とはかけ離れた単語が出てきたね」

「ロマンチックミステリーですよ」

と久高はちょっと笑って、

「犯人の口が被害者の唇に付いた。唾液《だえき》が付着する。唾液からは個人の生体情報が色々採れます。だから犯人はそれを消したかったんです」

「良いムードでキスまでしていたのに、突然絞殺かい？　筋書きに無理がないかな」

「被害者を油断させるために良いムードを演出したんですよ。隙を作って、絞め殺すタイミングを摑むわけです」

「でも、キスするなんて被害者自身も心を許している相手だろう。それだけ親しい間柄なら、警察の捜査線上にとっくに上がっていると思うんだが」

「誰にも秘密にしている恋人か何かじゃないでしょうか。例えば既婚者とか」

「急に生臭い話になるんだね。不倫相手が犯人って、１９８０年代頃に量産された安易なノベルズミステリーみたいだ」

と冷泉は苦笑しながら、

「しかし、後で洗う手間を考えたらそんなことをするかな。死体は動かした形跡があるって茂手木刑事も言ってたけれど、わざわざゆすぐための公園を探す面倒があるし、そんな手間を掛けるくらいだったら最初からキスなんてしない方が賢明だと思うよ。油断させるのなら他にいくらでも方法はありそうだし」

「だったらロマンチックミステリー路線はなしです。最初からバイオレンス路線で行きます。被害者と犯人は初めから争っていました。言い争いはとうとう暴力沙汰に及び、被害者が犯人に噛み付いたんです。腕か手かどこかに。そこで犯人の血液が、被害者の歯に付着した。血液からDNAを採取されたら堪りません。そこで犯人はその血をゆすぐために被害者を水責めにした。これならどうです」

「うん、ありかもしれない。久高くん、いい線行っているぞ」

と誉めかけたが、冷泉は考えついて、

「いや待てよ。噛み付いたんなら犯人は怪我をしたんだよね。血液は口だけじゃなくて、もっと他のところにも飛んだかもしれないだろう。例えば被害者のスカート、いや、犯行時の服装なんて知らないからパンツかもしれないけど、とにかく着衣だ。犯行は夜だったね。暗いところでは被害者の下半身や袖口に、血液が一滴なすり付けられたとしても犯人には見えづらいだろう。口だけをゆすいだところですべての血を消したと、犯人が確信出来たとは到底思えない。慎重な犯人ならば、衣服のどこかに血が飛んだかもしれないと気にするはずだ。口だけゆすいで良しとはしないだろう」

「迂闊《うかつ》な犯人だったかもしれませんよ」

「そんな性格だったら、最初から口をゆすぐなんて手間の掛かることは思い付かないよ」

冷泉が主張すると、久高は自分の額《ひたい》に掌《てのひら》を当てて、

「うーん、確かに師匠のおっしゃる通り。いや、嚙み付きはいい線行ってると思ったんですが。悔しいけれど、これも撤回ですね」

と苦い物でも呑み込んでしまったみたいな顔で言う。そして、

「でも、これ、マスコミに洩れたら大騒ぎになるでしょうね。ネットで情報が流出しても大変ですから。何と言っても犯人が怪文書で師匠の名前を連呼して『天空の海』の書名も出しているんですから。殺人犯が崇拝して見立てのモデルにしたってことで、一気に注目を集めるでしょう。師匠も一躍《いちやく》有名人ですよ。『天空の海』も馬鹿売れするかもしれません」

「そんな売れ方はご免だよ」

と思わず顔をしかめてしまい冷泉は、

「人が殺されているっていうのに、そんな不謹慎な売れ方したってちっとも嬉しくない。ほら、例の田淵《たぶち》さんの赤馬《あかうま》事件があったじゃないか」

「ああ、あれですか。師匠に聞いたことがありましたね」

「私はあんな目に遭いたくないよ」

と冷泉は言った。

赤馬事件とは、三年程前に起きた騒動である。

その冬、世間の耳目《じもく》を集める連続放火事件が発生した。同一犯による物だった。何故同一犯と分かったかというと、犯行予告があったからだ。消防署宛てに葉書が届いた。今回の怪文書のように。ただ、怪文書と違って、予告は長ったらしい文章などではなかった。シンプルに地図記号が一つ、書いてあった。保健所、図書館、税務署、学校。マークが葉書一杯に大きく書かれただけの単純な物だった。それが犯人の予告だった。

葉書の届いた翌日、都内の該当する建物が放火された。それだけならば単なる愉快犯だ。ただ間の悪いことに、それに巻き込まれた作家がいた。

中堅どころのミステリー作家、田淵利史行《とし ゆき》である。

彼が書き下ろしで上梓《じょうし》した『赤い駿馬《しゅんめ》』という作品が、この連続放火事件とそっくりだったのだ。小説の中の放火犯も、予告状を出している。もちろん地図記号を使うことまでは一致してはいない。ただの警告文である。しかし構造はよく似ていた。犯行予告があり放火が起きる。これに気付いた読者の一人が、その事実をネットにアップした。たちまち野火の如く話題が燃え広がった。連続放火魔は『赤い駿馬』を模倣しているのではないか。その噂が瞬く間に流布《るふ》した。

冷静な目で見れば、模倣などではないことは明らかだった。

連続放火は『赤い駿馬』が出版される少し前から始まっているのだ。まだ世に出ていない本の内容を模倣できるはずもない。もちろん田淵利史行が現実の放火事件をモデルにしたのでもない。最初の放火が起きた頃には、小説は発売こそされていないが、もうゲラになっている時期なのである。つまり、放火が始まった時には小説の内容は完成していて、印刷される直前の段階だったわけだ。

構造が似ているのは単なる偶然にすぎない。

ただ、タイミングが悪かった。

放火事件が始まったほんの二週間後に『赤い駿馬』は刊行されたのだ。世間が小説を模倣したと勘違いするのも無理はない状況だった。

話題になり『赤い駿馬』は大いに売れた。

あの本も太平洋出版から出た物だった。太平洋出版の社長は機を見るに敏な商売人だ。良い意味でも悪い意味でも本は売れさえすれば大正義、という考え方をする人である。多少の騒動にも動じない。フェアまでやって『赤い駿馬』を売りまくった。

一方で作者の田淵利史行に対するバッシングは大きかった。「放火魔にヒントを与える悪意ある犯罪小説を書くとは何事だ」と、良識ある人々の怒りを買ったのだ。いや、良識あるというのは見せかけで、正論を掲げて誰かを糾弾《きゅうだん》したくて堪らない人々がネットには大勢生息している。そうした連中に見つかってしまったのが運の尽きである。ただの野次馬のネット民もこれに乗った。叩ける物は好きなだけ叩くのが我が国のネットの民度である。田淵利史行はネット上でボコボコに叩かれた。まさに大炎上である。

二ヶ月程の間、田淵はネット民のオモチャにされて、言葉の暴力でサンドバッグの如くに殴られ続けた。

騒ぎは放火犯が逮捕されるまで終わらなかった。

博物館の地図記号の葉書を出した犯人が、警備を堅くした都内の博物館の一つに現れたところを現行犯逮捕された。放火魔は『赤い駿馬』と犯行が無関係で、ただの愉快犯だったことを自白した。事件は解決し、騒動も収束していった。

これが出版界に伝わる赤馬事件の顚末《てんまつ》である。ちなみに赤馬とは、警察の隠語で放火や放火犯のことを指す。

冷泉はそんな騒動を思い出しながら、

「さしずめ、作家の心得第十八条、旬の話題の事件を描いた本は世間の熱が冷めないうちに出せ、といったところかな。いや、冗談はともかくさ」

と口調を改めると、

「あの騒ぎで田淵さんはすっかりメンタルがやられちゃって大スランプになったんだ。マスコミにも追われてノイローゼみたいになってね。それで今も書けないでいるらしい。私はあんなふうになるのは嫌だよ」

冷泉は言ったが、久高はしれっとして、

「でも、本は売れますよ」

「ちゃんと内容の良さで売れたいんだってば。ネットで袋叩きにされたついでに売れるなんてご免だ」

悪目立ちするのは冷泉の趣味ではない。

マイナー作家が変に目立っても、碌《ろく》なことはないのだ。今後売れる可能性は限りなく低いけれど、せめてネットで袋叩きにされるような目には遭いたくない。

＊

冷泉は夜道を歩いている。

ホームタウン、笹塚駅の近く。広い車道沿いの道である。

車の流れが多い甲州街道だ。車道の上を首都高四号線が、蓋《ふた》をするみたいに通っている。

二重の車道はどちらも昼夜問わず、交通量が多い。いつでも空気が淀んでいて、道も煤《すす》けたように感じられる。首都高が上空を覆っているので圧迫感もある。歩いているだけで陰気になる。

ただでさえ冷泉は気分がへコんでいるのだ。肩を落とし、とぼとぼと歩を進めた。

今日は車で出掛けた。その帰宅途中だ。自宅兼仕事場から駐車場までは少し距離がある。あの骨董品じみたオンボロマンションに、専用駐車場など付属しているはずもない。車を持つ住人は各自、別の場所に駐車場を借りているのだ。冷泉も自分の中古国産車を駐めるのに、月極めの駐車場を借りている。ただ、最安値のところを探したので、ちょっと遠い。マンションまで歩かなくてはならなくなった。実に鬱陶しい。

出不精の冷泉が出掛けたのは、もちろん必要に駆られてのことである。仕事の一環だ。

麹町《こうじまち》にある大手出版社に行って来た。

電車に乗るのが苦手なので、冷泉は車を使った。型落ちの、垢《あか》抜けないデザインの中古車を、これも激安で買ったのだ。

大手出版社の社屋で編集者に会って来た。多忙を極める同年代の編集者は休日出勤していた。いつ帰宅しているのか不明と噂される男である。

刑事達の訪問から二日後、今日は十六日の土曜日である。

仕事内容は、編集者に書き下ろし長編のプロットを見てもらうことだった。太平洋出版のようにｗｅｂ誌で連載させてくれる奇特な出版社は滅多《めった》にない。冷泉クラスの作家だと大概書き下ろしだ。それも、何を書いてもＯＫというわけではない。事前にプロットを見てもらって、合否の判定を受けなくてはならない。ドラマなどに出てくる作家は、大抵仕事と〆切りに追われている。何でもいいからお原稿を、と編集者にせっつかれている。しかし現実の作家はこうして自らの足で営業を掛け、仕事を貰って回るのだ。マッチ売りの少女ならぬ小説売りのおっさんである。滑稽《こっけい》ではあるが、これが現実だ。

休日で人気《ひとけ》がなくガランとした編集部で、プロットを見てもらった。かなり細かく書き込んで、割と自信があったプロットだったけれど、結果は呆気なくボツである。

編集者はプリントアウトした紙にざっと目を通して、次々と痛いところを突いてきた。曰く、展開が形骸化《けいがいか》しすぎてどこかで何十回となく読んだ物の焼き直しにしか見えずいくら本格ミステリーのスタイルを遵守《じゅんしゅ》しているといってもここまでパターン通りだと筋の先が読めてしまい読者の大半が興醒めして最後まで読む気をなくすだろう。そのくせラストになって必要以上に凝ったロジックをこねくり回すから本筋がどこにあるのか見失ってしまい意外性を狙うにしてもこうも明後日《あさって》の方向へすっ飛んだのでは読者は置いてきぼりにされてしまうこれはどんでん返しとは言わないただの肩すかしである。登場人物が全員本格ミステリーの世界に毒されすぎていて言動が不自然になっており密室殺人事件を発見したからといって現場保存を蔑《ないがし》ろにして皆ではしゃぎ回るのは常識を疑うし不可解にしか思えない。探偵役もステレオタイプで新鮮味がまったく感じられず古典回帰も結構だが今時衒学《げんがく》趣味の高等遊民という設定も如何《いかが》なものだろうかそもそも警察が一民間人にすぎない探偵にどうしてこれだけ依存するのかよく分からない事件が起きる度に刑事がすぐに探偵に連絡するのは警察としてのプライドはないのかと疑問に感じてしまう。犯人も犯人でこれだけ偶然に頼り切った犯行計画をよく練りもしないで見切り発車してしまうのは間抜けにしか見えないし心証がまっ黒にもかかわらずすっとぼけたところで厚顔を通り越して単なる考えなしの無神経にしか思えずこんな犯人に探偵が知恵比べで勝っても少しもカタルシスを得られず読者は白けるばかりであろう。その他にも、人物造形が類型的。捜査手順が地味で飽きる。犯人の動機に説得力がない。探偵の手掛かり発見がご都合主義。読後感がすっきりしない。等々。どれも的確なダメ出しで、冷泉はぐうの音も出なかった。

「というわけで、これはうちでは扱えませんね、冷泉さん。また別のプロットを考えたら持って来てください。期待して待ってますよ」

と編集者は特上の笑顔で言った。完全に見捨てられなかっただけマシとはいうものの、また一からアイディアの練り直しはキツい。これでも頑張ったのに。

しかし、クライアント様の意向は絶対だ。がっくりと気分が落ちる。

そんな冷泉の気持ちにお構いなしに、パワフルな編集者は冷泉を呑みに連れ回した。冷泉は下戸で、しかも車だからウーロン茶でお付き合いである。熱量と情熱が有り余っている不休の編集者はよく喋った。出版不況を憂《うれ》い、出版社上層部の頭の固さに怒り、若手編集者の覇気のなさに苛立ち、出版業界全体の沈滞ムードを嘆き、読書界の意識の低下に憤《いきどお》った。

早口で捲《まく》し立てる編集者の多弁さは留まることを知らなかった。

あの先生はちょっと売れたからって天狗《てんぐ》になってきていましてね映画化で話題になったからって言ったたって所謂ブーストが掛かっただけですから人気がこの先持続するとは思えませんがねえその辺を勘違いして調子に乗っちゃう作家は割と多くて夜の六本木《ろっぽんぎ》辺りで気勢を上げてご当人はご機嫌でしょうけどそれが執筆にまで影響しちゃそりゃダメですよ近頃は読者を舐めているとしか思えないすかっすかの内容を書いてきてそれなのに発行部数が少ないだの宣伝に力を入れないから売り上げが伸びないだのと文句ばっかり言ってくるんですからこっちだって困りますよあの調子じゃそのうち行き詰まって読者から見放されて売り部数も落ちてどん詰まりですよ見ていてご覧なさいその日は案外早くやって来ますから今から楽しみですねえうけけけけけけけけ。

とハイテンションの饒舌《じょうぜつ》に圧倒されて、すっかりくたびれてしまった冷泉であった。

夜十時にようやく解放されて、車で笹塚まで戻って来た。パワフルな編集者氏はこれからまた社に戻って仕事だそうだ。ご苦労なことである。

そんなわけで、遠くにある駐車場からとぼとぼと、徒歩でマンションに帰る途中だ。

甲州街道はいつもながら車が多数、走り抜けて行く。首都の物流の要衝だし、土曜の夜だ。いつにも増して車の流れが多い。頭上の首都高からも走行音が響いてくる。淀んだ空気も相まって、まるで地獄の底を歩いている気分になってくる。そう感じるのはプロットにボツを喰らった精神的ダメージが、大いに影響しているのだろうが。

ため息混じりに重い足取りで歩いていると、ふと冷泉は気が付いた。

背後に人の気配がする。

尾《つ》けられている？

三十メートル程後ろから、ぴったりと同じ歩調で歩いている者がいる。

いや、まさか、とも思ったけれど、一度気になるとそうとしか思えなくなってきた。

暗くて影しか見えない。街灯は主に車道の方を向いているから、歩道が暗いのだ。

他に人通りはない。

車だけが行き交う大通り沿いに、歩いているのは冷泉とその不審な人影二人だけだ。

試しに歩みを遅くしてみる。

背後の人影も遅くなる。

今度は少し早足で歩く。

途端に人影も速くなる。

間違いない。尾行されている。

どこから尾けられていた？

気が付かなかっただけで、駐車場からずっとだろうか。

ひょっとしたら車も尾行されていたのかもしれない。

一体何者だろうか。

何のために冷泉を尾行する?

あの怪文書が頭をよぎった。

〝小生には拝謁の栄に浴す事など勿体無き事とそれは重重理解しております　できれば先生の御足元に額ずき人生の師として仰ぎたいと望めども〟

ちょっと怖くなってきた。

崇拝に近い尊敬は裏返しにすれば、強い失望と憎悪に簡単に成り代わる。

冷泉は勇気を振り絞って、思い切って振り返った。

「誰だっ」

怒鳴《どな》ったつもりが、声がひっくり返った。

それでも効果はあったようだ。

背後の人影が、びくりと立ち止まった。

コートを着たシルエット。あの体格は、多分男だ。

影になってよく見えない男。そいつは突然、踵《きびす》を返して駆け出した。

逃げる気だ。

「待てっ」

と再び冷泉は怒鳴った。

男の影は歩道を走り、近くの歩道橋を駆け上がって行く。

冷泉も急いで後を追った。

歩道橋の階段を上がりきった時には、男の影は甲州街道を越えて反対側を下りて行き、もう見えなくなっていた。

息が上がった冷泉は、額の汗を拭う。

しまった、見失った。逃げられたか。

橋の部分を反対側まで渡り、影の男が逃走して行った階段を上から見下ろした。

大通りを避けて脇道にでも入ったのか、どっちへ逃げて行ったのかもう分からない。一瞬〝半纏おじさん〟のことが頭をよぎったけれど、今の人影は老人のものではないように感じた。多分、別人だ。

ふと気付くと、ラーメン屋の黄色い看板が眼下にある。

それで思い出した。この場所は久高の報告にあったところだ。

弁当屋〝さがみ屋〟の看板娘、立川響子が転落死したのが、正にこの歩道橋である。

夜風の冷たさの中、冷泉は立ち尽くしていた。

汗に、冷や汗が混じるのを感じる。

目に見えなかった脅威が、具体的な姿を持って近付いて来た。

そんなふうに感じ、冷泉は身震いした。

＊

週明け、十一月十八日の月曜日。いつものように、夕方に久高がやって来た。

冷泉はいつも通り迎え入れると、ソファに座った。その正面のソファに腰掛けた久高は、早速という感じで話しかけてくる。

「師匠、郵便受けに変な物が入っていましたよ」

ローテーブルの上に置かれたのは、駅前のケーキ店の宣伝チラシだった。

「おっと、逆です。反対反対」

久高はそう言ってチラシを裏返した。冷泉は思わず顔をしかめてしまう。すっかりお馴染みのぎくしゃくした手書きの文字が紙いっぱいに躍っていた。

『ナゼ聞き入れてくれまセンカ

ほんとうにメイワクです

夜中にアカリは近所の害です

スコシかんがえればワカリそうにおもうのデスが

まどにひとばんじゅうアカリがついていたら

マブシクテねむれません

どうしてヤメテくれませんか

ナンドもおねがいしているハズです
ヤメテください
他の人のメイワクをかんがえてください』

久高が眉を顰めながら聞いてくる。

「何ですか、これ」

冷泉は顔をしかめたままで、

「私にも分からないんだ。たまに郵便受けに入っていてね、これで五通目」

「五通目？」

と久高はちょっとびっくりしたように、

「それはちょっとしつこくありませんか。だいたい師匠の部屋の窓の外って、民家なんてないじゃないですか」

首を伸ばして、窓の方を見る。冷泉も頷いて、

「だから困っているんだよ、対処のしようがなくって」

うんざりとした気分で言った。冷泉の部屋の窓はちょうど道路の丁字路《ていじろ》に面していて、何もないのだ。そもそも遮光カーテンからは灯りなど洩れようがないし、迷惑をかけそうな家は近くには建っていない。

「変ですね、どこか別の部屋と間違えてるんじゃないですか」

久高が言うので冷泉も頷きながら、

「まあ、そんなところだろうね、分からないけど」

投げやりに言ってチラシをテーブルの隅に押しやった。前の物と一緒に保管しておいて今度警察に見てもらおう、と思う。それを横目で眺めてから、久高は改まって膝《ひざ》を乗り出してきて、

「そうそう、そんなことより僕、ちょっと調べてみたことがあるんです」

「何を？」

尋ねる冷泉に、久高は立ち上がって壁に沿って並ぶ書棚を勝手に漁り始める。その手を止めずに久高は、

「例の渡来さんのところにあった謎の電話の一件です」

「ああ、あれね」

冷泉はそう言われて思い出す。編集者の渡来が先週来た時に言っていた、奇妙な電話の話である。二週間程前か、太平洋出版に電話があり、渡来を訪問すると男の声で伝言が入った。しかし待ち構えていても結局、誰も現れなかったという妙な出来事だ。

久高は書棚から何か引っぱり出し、自分の机のノートパソコンも一緒に持って、こちらに戻って来る。冷泉の向かいの定位置のソファに腰を据えると、

「まず、これを見てください」

と雑誌を一冊、ローテーブルの上に置く。書棚から抜き出したのはこれか。『小説太平洋』のバックナンバーである。太平洋出版ではｗｅｂ誌の他に、紙媒体の月刊文芸誌を出している。それがこの『小説太平洋』だ。

久高は雑誌の最後のページを開いてこっちに向ける。

「ここです」

奥付のページだ。雑誌の、版元の情報が載っている。映画に喩えるのなら、エンドクレジットに当たる。

神田神保町の住所に代表電話番号、メールアドレス。発行人の名前に編集人の名前。発行人というのは出版社の代表、つまり代表取締役社長のことで、編集人は雑誌の編集長を示している。そして、雑誌の編集に携《たずさ》わった編集部員達の名前もずらりと並んでいた。二十人程だろうか、中規模出版社だからこれが編集部全員なのだろう。赤木晴人《あかぎはると》、宇野紀恵《うののりえ》、織田総太郎《おだそうたろう》から始まって渡来紗央莉まで、五十音順になっている。

「これを見れば太平洋出版編集部の面々の氏名が分かります」

と久高は言い、今度はノートパソコンを開いて何やら操作した後、本体ごと半回転させて画面をこちらに向ける。

太平洋出版のオフィシャルサイトのページが表示されていた。

何を見せようとしているのか不得要領の冷泉に構わず、久高は身を乗り出して器用に反対側からパソコンを操作する。

新刊の紹介、今月の文庫、人気の一冊、雑誌の宣伝、編集部の今月のお勧め本、などなど、たくさんの本の表紙が表示される。その中で久高が示したのは〝編集部日報〟というコーナーだった。サイトの下の方に出ている地味な記事だ。

それを過去に遡《さかのぼ》って、去年のページに辿り着いた。〝担当編集からの一言〟とある。

「これを見てください」

と久高は画像の隅の方を指差す。

冷泉はそこを読んでみた。

〝冷泉彰成さんの新作『青神村《あおがみ》の殺人』はいよいよ今月の刊行です　乞ご期待　W〟

久高が説明を始める。

「この末尾のアルファベットはイニシャルです。他にもあるでしょう。短い紹介文の後にA、K、N。これはすべて担当編集者のイニシャルになっています。ここを見れば、師匠を担当しているのが、Wの頭文字の者と分かります」

なるほど、そこまで聞けば久高の言わんとすることが理解できた。

冷泉は『小説太平洋』の奥付ページをもう一度開く。編集者の氏名がずらりと並んでいる。Wの頭文字は渡来だけだ。これで自動的に、冷泉の担当が渡来だと判明する。

久高が聞いて来る。

「謎の電話の主は、何と言って指名して来ましたか」

質問の意図を察して冷泉は答え、

「編集部の渡来さんに伝言を頼む、というふうに言ったはずだね」

「そうです。今見たように、ちょっと調べれば師匠の担当が渡来紗央莉という編集者だというのは、外部の人間でも簡単に知ることが出来ます。代表番号も奥付に載っていますから、渡来さんに伝言の電話を掛けるのは部外者でも出来るわけです。そして僕は、この電話の目的は渡来さんの顔を見ることにあったんじゃないかと想像しました」

「顔を？」

「ええ、六時に行くと言っておけば、渡来さんは気になって会社の玄関まで出て来る、と電話の男は踏んだんです。住所も奥付にありますからね、太平洋出版のビルの場所は誰にでも分かります。その少し離れたところから、例えば近くの車道に車を駐めて、その中からでもいいです。太平洋出版の正面玄関を見張ります。六時に訪問すると言った謎の人物は一向に現れない。そこで制服の警備員と共に様子を窺いに出て来た女性、その人がWのイニシャルの渡来さんだと分かる、という段取りです。つまり電話の主は、渡来さんの顔を知りたかったんですよ」

「顔を知ってどうする？」

冷泉が聞くと、久高は真剣な表情で、

「尾行できます。太平洋出版の出入り口を見張っていれば、渡来さんが外出して行くのが見える。その後を尾けることが出来るわけです。今、webでは冷泉彰成が連載中です。上手くすれば冷泉彰成と打ち合わせをするかもしれない。実際、毎週火曜日に渡来さんはここに来ています。調布の大御所先生なんかは著名人ですから、顔が世の中に知れ渡っている。渡来さんが訪問する調布の豪邸に住む人物が冷泉彰成でないことは一目瞭然《りょうぜん》です。もしかしたら渡来さんが担当している作家の顔は全部、雑誌のインタビュー記事やネットで調べて、把握していたのかもしれませんね。覆面作家で顔が世間に出ていない、そして渡来さんが訪問した先、すなわちこの部屋の住人こそが冷泉彰成だと判断できるわけです。作家の心得第八条、気になったことは徹底的に調べよ、でしたよね。気になったんで徹底的にやってみました」

久高はちょっとだけ自慢げに言うと、気遣うような口調に変わって、

「師匠、多分謎の人物に顔バレしていますよ」

土曜の夜の尾行者を思い出す。

そうか、そうやってこちらの顔を見分けていたのか。冷泉は納得した。

いよいよ身近に何かが迫っているような気がする。

そう感じて恐ろしくなってきた。

久高がふと立ち上がり、窓の方へ歩いて行くと驚いたように声を上げる。

「ありゃ、またいる。師匠、半纏おじさんですよ」

冷泉も窓際に近寄って外を見る。

本当だ。いる。丁字路の先、電柱の陰に佇《たたず》んでいるのは確かに〝半纏おじさん〟だ。

例によってビー玉のごとく感情が読み取れない目で、無表情に立っている。どんな心情なのかさっぱり分からないその瞳は、じっとこちらを見詰めている。いつものように冷泉の部屋の窓を観察しているのだ。何を考えているのかさっぱり分からないが、ただ立ち尽くし、目を逸らさずにこっちを見ている。

不気味なことこの上ない。

久高がこちらに向き直り、心配そうに言う。

「大丈夫ですか、師匠、顔色悪いですよ」

*

翌日、十九日は火曜日で、恒例の渡来紗央莉が来訪する日である。

渡来は珍しく一人ではなく、もう一人の編集者を伴っていた。

同じ太平洋出版で、文庫担当の梶勇気《かじゆうき》という編集者である。メールでは何度もやり取りして文庫を作ったことがあったけれど、直接会うのはこれが初めてだった。久高と同じくらいの年格好で、顔のやけに縦に長い男だ。

「こうしてお目にかかるのは初めてですね、あ、私の用件は後からで結構です。先に本来の用事を済ましてしまってください」

と愛想良く、梶は言った。

「では、こちらの用件から」

と渡来がゲラの紙束をバッグから取り出した。

冷泉と、編集者コンビは向かい合って座っている。冷泉がいつもの定位置のソファに一人で腰掛け、ローテーブルを挟んだ正面のソファに編集者二人が並んだ形である。

ひょっとしたら尾行されてこの仕事場が怪しい人物に突き止められたかもしれない、という久高の話を渡来にしようかと躊躇《ためら》ったが、結局やめておいた。ただの可能性にすぎないし、実際にあったことかどうかは分からない。本人に言っても心配され、気を遣わせてしまうだけである。黙っておいた方が良いだろう。

そうして、いつものように連載中の『月光庵の殺人』のゲラチェックが始まった。紙束には付箋《ふせん》が何ヶ所か挟んであって、渡来はそこを開きながら、

「まず、ここです。テーブルと出入り口の位置関係が曖昧《あいまい》ですね。真正面とありますけど、これ、ドアの正面の位置でしょうか」

「ああ、描写が分かりにくかったですね、すみません。後で文章の手直しをしておきます」

などと細かいチェックをするが、冷泉はどうにも身が入らない。

先週の尾行の件、そして渡来がうっかり尾けられてこちらの素顔がバレてしまったかもしれない可能性。それらのことが気になって、今一つ集中し切れないでいる。

気もそぞろな冷泉の態度が伝染したかのように、渡来もいつもの集中力を欠いていて、ゲラの疑問点に関する指摘は早々に切り上げると、久高が淹れたコーヒーを口に運びながら、

「実は、先週また編集部に刑事が来たんですよ。冷泉さんの巻き込まれているあの事件の捜査だとかで」

気に掛かっていたことが話題になり、冷泉はつい前のめりになって、

「またですか。どうやら私の偽者が跋扈《ばっこ》しているらしいですからね」

「刑事さんの言うには、犯人は冷泉さんの名前を騙って被害者の方に近付いたとか」

「そうです、その偽者が現実に殺人事件を起こした。これと違って本物の」

と冷泉はローテーブルの上のゲラを指先で軽く叩く。ゲラの小説はフィクションであり架空の殺人事件を描いているが、冷泉が直面しているのは現実の殺人である。渡来は不安そうに眉を顰めて、

「あと、冷泉さんのファンについても聞いてきました」

「あ、やっぱりそうですか」

あの怪文書の中で、犯人は冷泉の信奉者を名乗っていた。そして被害者を選んだ理由も、冷泉の愛読者だったからだと主張している。もしあの内容が真実だとしたら、冷泉のファンが事件に大きく関わっていることになる。

渡来はいつものおっとりした口調で、

「こっちはファンについては何も把握していないって答えておきましたけど、それで良かったですか」

「もちろん構いませんよ。それで、他には何を聞いてきましたか、刑事は」

冷泉が尋ねると、渡来は大きな瞳で天井を見上げながら、

「後は、そうですね、冷泉さんの人柄とか、周囲の人間関係とか。トラブルなんかは起こしていないか、というようなことを」

「なるほど」

何だか冷泉が疑われているようで良い気がしない。

「だから無難に答えておきました。冷泉さんは好人物で、誰かと揉め事を起こすようなタイプじ

ゃありませんって」

「それは助かります」

「ああ、私のアリバイもしつこく聞かれました。九時から十一時なんてプライベートタイムじゃないですか。失礼しちゃいますよねえ」

とぷりぷりして渡来は、

「その殺人事件って、その後何か進展はあったんでしょうか」

「さあ、刑事は何も言っていなかったですけど」

冷泉は曖昧に答えておいた。成り済ましの偽者が被害者とコンタクトを取っていたとか、死体に水を飲まされる見立てが成されていたとか、そういったややこしい事情まで渡来に話す必要もないだろう。不要な心配は掛けたくない。

「渡来さんにもご迷惑を掛けて申し訳ない。編集部にまで押しかけるなんて、警察もやりすぎですよね」

別に冷泉に責任があるわけでもないけれど、一応謝っておく。取引先に面倒事を押し付けるのは本意ではない。

「それは構わないんですけど」

と渡来は改まった態度になって、

「それでですね、前にファンレターが問題になったって話だったじゃないですか。以前お渡ししたあの怪しげな封筒」

「ああ、あれですか。まあ問題というか、警察がちょっと神経過敏になっているだけですけどね」

あれが本物だと、渡来には伝えてはいない。

「どうしましょ、また来たんですよう」

そう言って渡来はバッグから封筒を引き出した。それをおずおずとローテーブルに置く。

4号サイズの角形封筒。印刷された宛名のシール。事務的で素っ気ない茶封筒である。

前のとまったく同じ、あの怪文書だ。

何てことだ。

また来た。二通目があるなんて、予想だにしていなかった。

冷泉は息を呑みながら目を上げる。渡来の背後の自分の席で、久高がびっくりしているのと視線が合った。久高も予想外の成り行きに驚いている様子だった。

しかし冷泉は平静を装い、

「ああ、これですか。いや、別にこのファンレターが事件に直接どうこうって話ではないんですよ」

と何でもないことをアピールしながら、

「内容がちょっと変わってるんで、警察が気にしすぎているだけなんです。特にどうってことはありません」

冷泉は誤魔化して言った。本物の犯人から来た物だということは、警察から口止めされている。秘密の暴露があるのでオフレコだと念を押されているのだ。滅多なことは口外するわけにはいかない。

それに、渡来も若い女性である。余計なことを伝えて怯えさせたらかわいそうだ。

「そうなんですかあ？　私も指紋を採られたりして、大騒ぎしたじゃないですか」

と渡来はちょっと不満そうに、

「前はこの手紙が関係あるようなふうに言ってませんでしたっけ」

「いやあ、あれは警察の早とちりですよ。本当に過敏になっているだけで。ほとんど無関係なことをつい事件に結びつけるのが、あの人達の習性なんでしょうね」

「だったらいいんですけど」

渡来はまだ疑わしそうな目付きをしている。

「いいんですいいんです。気にしないでください」

殊更明るく言って冷泉は、封筒を手元に引き寄せ、

「これは私が頂いておきます。ただのファンレターですから」

何でもないように装ったが、あまり上手く誤魔化せたようにも思えない。渡来はまだ気掛かりそうな顔つきで、

「もし何か面倒なことになっているんなら、遠慮なくおっしゃってくださいよ。弊社もお力になりますから」

「ありがとうございます。助かります」

冷泉は冷や汗をかきながら頭を下げた。

そんな冷泉達のやり取りを、渡来の隣の梶がそわそわと見ている。落ち着かない態度だ。

そういえば文庫担当の編集者が、何の用事で来たのだろうか。文庫の話はいつもメールでやり取りしている。わざわざ渡来に付いて来たのはどうしてか。

梶は隣に座る渡来を、気遣わしげな目でちらちら見ている。

ははあ、これはひょっとするとそういうことか、と冷泉は見当を付けた。

渡来が正体不明の覆面作家の仕事場に頻繁に出入りしているのが心配になったのだろう、きっと。

なるほど、そうか。

しかし残念ながら梶くん、渡来さんは今のところ仕事が恋人だ。そううまい具合には事は運ばないよ。お生憎《あいにく》様。

などと下らないことを考えていた冷泉だったけれど、実際は違った。

ちゃんと用事があったのだ。

梶はおずおずと切り出した。

「えーと、そちらの用件が済んだようなので、私の方からも一つ」

遠慮がちに言って来る。

「あの、以前弊社で出して頂いた冷泉さんの『極楽門の惨劇』なんですが、あれをそろそろ文庫化しようと思っているんです」

何だ、良い話じゃないか、何をそんなにおどおどと言いづらそうに話しているんだ、と冷泉は思ったのだが、先があった。

「それで、ですね。大変申し上げにくいのですが、昨今の紙代の値上がりなどもありまして、こちらとしても色々と厳しい状況でして、こういう話は直接伺った方がいいと思いまして、今日は渡来と同行させてもらった次第でして」

梶の態度はどうにも煮え切らない。冷泉が怪訝に思っていると、口ごもりながら梶は、

「実はその、文庫化に当たってですね、何と申しますか、いつものような部数を刷れないという話が文庫会議で出まして、そのご了解を頂きたくて参上した次第で」

「えーと、つまり部数が減る、ということですか」

ちょっとショックを受けながら冷泉が尋ねると、

「平たく言いますと、そういうことになりますね」

「具体的には、何部でしょう」

「ええ、その、実に申し訳ないんですが、大幅に減らさないといけない状況でして、四千、ということになってしまうんですが、いかがでしょうか」

四千。文庫で四千部。冷泉は愕然《がくぜん》とする。それは少ない、少なすぎる。

「それは決定ですか」

脱力しながら冷泉が聞くと、梶は申し訳なさそうに、

「はい、本当にすみません。私も上と色々談判《だんぱん》したんですけど、結局どうしてもそういう形を取

らせて頂くことになりまして」

「断ったらどうなるんでしょうか」

「そうなりますと、文庫はうちからは出せないということに、あ、版権を移したいとおっしゃるのなら他社さんから出す形になってももちろん構いませんので、はい」

梶は愛想笑いで言う。

冷泉は何も言えなくなってしまう。

一気に現実に引き戻されてしまった。

出版不況はここまで来ているのか。

いや、それともこれは冷泉個人の問題なのか。そこまで売れていないのか俺は。

黙ってしまった冷泉を気遣うように、空元気を振り絞るみたいに梶は、

「本当に申し訳ありません。私の力不足で。弊社も色々と厳しいものですから。どうでもいいですけど、今日は冷えますすね、ははは」

＊

二人の編集者が帰った後、冷泉は久高と共に例の怪文書を開封することにした。

文庫四千部問題はショックだが、犯人からのアプローチも気に掛かる。

久高に頼んでペーパーナイフの他に、手袋も用意した。古雑誌などをまとめて、ビニール紐で

縛る時などに使う軍手だ。百円ショップで三つセットのものを常備している。

前回は不用意に指紋を付けてしまった。手袋をすれば、警察に無駄な手間を掛けさせないだろう。

4号の角封筒。宛名用の印刷シール。前のとまったく同じ体裁《ていさい》だ。封を切り、中身を取り出す。事務用の紙に、印刷された文字がびっしりと並んでいる。縦書きなのも前回と同様だ。枚数も同じ四枚。

間違いない。犯人からのものである。

手袋をした手で、冷泉と久高は内容を読んだ。

『冷泉彰成先生
以前にお送りした小生の手紙にお目通し戴けましたでしょうか　不躾《ぶしつけ》な手紙等突然お送りしたのは失礼に当たらないだろうか余りにも不敬だったのでは無いだろうかと小生赤面の至りで反省の日日を過ごしておりました　しかし乍《なが》ら小生の誠実には嘘偽りは一つとして御座いません　小生は先生の魂の下僕にしてその高邁なる思想の奴隷であります　冷泉先生の気高い思想を本当の意味で理解しているのはこの世広しと雖《いえど》も小生のみと僭越《せんえつ》ながら愚考するのであります　先生の数数の聖典と呼ぶべき御高著に記された壮大なテーマの本質は世の凡夫等には解釈出来るはずも御座いません　先生の御高著を日夜読み返す度に頭の中に響き渡る此の世の真の姿　全ての正義本物の神意　それを読み取る事の可能な小生の喜びを如何《いか》にしてお伝えする事が出来ましょうや天上天下に普《あまね》く広がり世界を覆い尽くさんばかりの救済の頂に冷泉先生と小生のみが登り詰めて

いるこの栄誉　世の愚民共には到底辿り着く事もならぬ魂の高みに小生は先生の御導きで立つ事が叶っているのであります　嗚呼　この身の栄冠　身に余る光栄　此の奇跡に小生の魂は震えて止まないのであります

冷泉先生がどれ程世の乱れを憂い悲しみ絶望に打ち拉《ひし》がれているか　それを理解出来ぬ凡夫等いっそ滅びてしまえば良い　その諦観に辿り着くまでの先生の苦悩と懊悩《おうのう》の深さ　此の世の誰がそれに気付きましょうや　否　もちろん小生には理解出来ております　先生の高尚なる思想『愚民死すべし』との熱い想いに裏打ちされたるその論理　此の深淵たる思考に共鳴し導かれ小生も先生の如くそれを筆で顕現《けんげん》させる能力があればと歯噛みする程切歯扼腕《せっしやくわん》の思いに駆られせめて現世で形として実行する好機があればと愚考していたのですがとうとう再び現実の物とする事が出来た事をご報告する次第であります　『愚民死すべし』の鉄槌を下したのは又しても若い女でした　先生の高潔な魂の叫び等微塵《みじん》も理解せぬ浅薄の身であり乍ら先生の愛読者を自称する愚かな救い難い民であります　この愚人を屠り先生に『愚民死すべし』の表現を奉じる事に小生は再び成功したのであります　先生にお喜び戴けるかと思うと小生身に余る光栄に身が引き締まる気が致します

愚民の魂の救済を先生に捧げるため今回は『双面の虜囚』を手本とさせて戴きました　小生の如き小人が先生の御著作を顕現する等畏れ多い神をも畏れぬ罰当たりな所業である事は小生も重重承知致しておりますがしかし此の身に迸《ほとばし》る熱意と高揚がどうしようもなく先生の思想を体現する事を希求して止まないのであります　どうか此の愚かな信奉者を御赦《おゆる》し戴ける様切に希《こいねが》う

ばかりであります
憚《はばか》り乍ら『双面の虜囚』をモチーフにしたので今回具象化したのは火のバプテスマであります　神の怒りの業火が地獄で燃え盛る地底の炎が全てを浄化し焼き尽くす火の力が　再び愚民を一人滅する事を可能にしたのであります　愚劣な衆愚の一人に過ぎない民が烏滸がましくも先生のファンを名乗る等此以上に不遜な事がありましょうや　否　下らぬ劣等人種の分際で冷泉先生の愛読者を自認する等文学の神をも恐れぬ不敬と呼ぶしか無いのであります　小生はその様な愚かで哀しい生きる価値の無い者に神の怒りを叩き付けました　そして粛清の聖なる炎でその骸《むくろ》を彩ったのであります　『双面の虜囚』の一場面を具体化したのも先生への敬意の顕れでありその高貴な文学性に少しでも近付く為の小生の精一杯の精進の結果でもあります　此が今回の殺人でありで先生の御為に先生の思想に殉《じゅん》じる為に先生の理想の実現の為に此の火のバプテスマを実行したのであります　此の行為を冷泉先生に捧げる事の出来る光栄に小生喜びを禁じ得ません　小生は再び此の殺人を冷泉先生の御御足《おみあし》の元へ献上する事が叶いました　穢《けが》れた魂を火の力で浄化する事に成功したのであります
　こうして再び先生に贄を差し出す事が出来た小生の心は光栄と奉仕の真摯な気持ちで溢れんばかりであります　小生は先生の従順な下僕としてその務めを順調に果たし続けている過程であります　そのご報告をまた近々すぐにお送りする予定であることを宣言し今回の報告は終了させて戴きます
冷泉先生の小さき一愛読者より』

「いかれている」

冷泉は思わず呟いてしまった。

怪文書の文面は前回と同じく、まったく支離滅裂《しりめつれつ》なものだった。

この書き手は妄想に凝り固まっている。そうとしか思えなかった。

冷泉の思想などという物を勝手に頭の中で作り上げ、冷泉の小説の中に奇妙な主張があると一人で決め付け、それを実行することに異常な執着を見せている。そして殺人を美化して冷泉に捧げるときた。迷惑千万《せんばん》な話だ。

何が『愚民死すべし』だ。どこをどう読んだらそんな乱暴な思想が垣間見えると言うのか。もう呆れ果てるしかない。これを書いた者は完全にどうかしている。前よりさらに拗《こじ》らせている。

冷泉はそう思い久高を見ると、やはり同じ感想らしく、大いに困惑した表情になっていた。

その久高は怪文書から視線を上げると、

「師匠、これ、本物ですよね」

と確認してきた。冷泉は頷き、

「そうだろうね。紙も書式もまったく同じだ。同一人物からの物に違いない」

「相変わらず何とも気持ち悪いですね。へりくだっているみたいで、そのくせ実は優越感に浸っている感じとか、自分に酔っているみたいな精神性が醜悪《しゅうあく》で」

と久高は困惑した顔付きのまま、

「けど、それより、また一人殺したと書いてあるように見えますよね」

「うん、私にもそう読めた」

「ということは、次の犠牲者が出てるってことですか。これ、連続殺人なんですか」

「そういうことになるね、この内容が本当なら」

冷泉としてはそう答えるしかない。滅茶苦茶な文章だが、一応はそう読み取れる。もちろん本気で書いてあるのなら、という但し書きが付くけれど。

久高はしげしげと印刷された紙を見て、

「火のバプテスマと書いてありますね。『双面の虜囚』をモチーフにした、とも。あの話って、火を使ってましたよね」

とポケットからスマートフォンを取り出して、何やら調べ始めている。手袋を外して、しばらくスマホの画面に指を走らせてから久高は、

「うーん、火にまつわる殺人事件、そういう報道は見当たりませんね。ここ数日、少なくとも先週は何もないです。あ、小火《ぼや》のニュースがあります。練馬《ねりま》区で逃げ遅れた七十七歳の男性が火傷《やけど》、ってこれは関係なさそうですね。怪文書には若い女性と書いてありますから。若い女性が火事に巻き込まれたとか、そういう記事はないみたいです。他には火に関係する事件も見当たりませんし」

とスマホの画面に見入りながら言う。

久高には第一の事件の時に確固たるアリバイがある。冷泉の宿題の原稿を書いていたのだ。冷

泉の証言しか裏付けがないので客観性はないが、冷泉だけは久高のアリバイを確信できる。だから久高は犯行とは関係ない。犯人ではない弟子が近くにいてくれるのがこれ程頼もしいとは。安心して話せる相手がいて、冷泉としては大いにありがたい。

その久高はスマホの検索を諦めたようで、こちらに顔を上げると、

「師匠、『双面の虜囚』で火というと、確か被害者の背中を火で焼く話でしたよね」

確認してくるので冷泉は頷き、

「そう、背中一面を火で炙《あぶ》る。それで皮膚を焼いている」

『双面の虜囚』は冷泉の著作の一つである。自分で書いた小説のメイントリックだからちゃんと覚えている。ただし七、八年前の物だから、細部があやふやになってはいるが。

「けど、そういうふうに死体を損壊した事件は、ニュースには流れていませんでした」

久高が報告するのに、冷泉は答えて、

「もしかしたら警察が伏せているのかもしれないな、火に関する部分だけを。前の水の時みたいに」

「あ、その可能性はありそうですね」

「いずれにせよ、今の段階で私達に出来ることはなさそうだ。推測だけでは限界がある」

「これ、警察に届けた方が良いんじゃないでしょうか」

久高はそう言って、ローテーブルの上の怪文書を指差す。しかし冷泉には躊躇いがあった。

「うーん、どうだろう。ちょっと気が進まないな」

と、先週の土曜日の夜、怪しい人影に尾行された一件を久高に話して聞かせた。久高は目を丸くして、

「うわっ、それ、本格的に危ないじゃないですか。師匠、完全に顔バレしていますよ」

「そう、前にきみが言ったように、渡来さんが尾行されてここに私が住んでいることを知られてしまったのかもしれない」

「危険ですねえ。師匠、下手したら夜道で後ろからガツンとやられてましたよ」

「だから君子《くんし》危うきに近寄らずの方針で行きたいんだ。もしかしたらあの尾行は、余計なことをするなという警告かもしれない。だったら届けない方が良いのかもしれない。うっかり動いたらどんな反応があるか分かったものじゃないからね。作家の心得第二十八条、危険なことは小説の中だけで充分だ」

「しかし、その尾行者、何者なんでしょうか。やっぱりこれを書いた奴でしょうかね」

と久高は怪文書を視線で示して言う。冷泉は眉を顰めて、

「それが分からないから危ないんだよ。もし犯人ならば、すでに殺人に手を染めている危険人物だ。そんな奴を相手にするのは危なすぎるよ」

と慎重論を唱えて、

「とにかく、第二の殺人が本当に起きたのかどうかが分からない。まだ確定もしないことで騒いだら、犯人を刺激するかもしれない。だから今はとりあえず静観しておこうと思うんだ」

「分かりました。師匠の身に何かあったら取り返しが付きませんからね。一旦は棚上げにしまし

ょう。あ、でも一応コピーは取っておきますね」

と久高はもう一度手袋を嵌め直すと、怪文書を持って部屋の隅のコピー機のところへ向かう。例の半分壊れた払い下げの機械である。コピー機を操作しながら久高は、

「今度もまた、師匠に捧げる殺人って書いてありましたね」

冷泉は思わず顔をしかめて、

「だからそんな物、要らないって」

「本気なんでしょうか」

「さあ、どうだろうな。その怪文書の内容がどこまで本当なのか、私達には判断する材料がない」

「本気なら狂信者ってことになりますけどね」

「案外そう思わせるフェイクかもしれないよ」

「フェイクの目的は何です?」

「そうだなあ、何かをカムフラージュするため、とかかな。本来の目的を隠すための」

「けど、カムフラージュにしたって、何のために師匠の名前を出すんでしょうね。師匠は事件とは何の関係もないわけでしょう」

「当たり前だよ。何の関わりもないさ」

「だったらどうして師匠なんですか」

「そう、そこが読み切れない。私なんか巻き込んだって犯人にどんなメリットがあるというんだ

か。そいつがさっぱりだ。普通に考えれば、もっと売れている著名作家でも狙いそうなものじゃないか。こんなマイナーな四流じゃなくて」

「ですよねえ」

「だから久高くんはちょっとは否定してくれよ、四流の部分は」

冷泉が不平を洩らすと、コピーを終えた久高は、

「すみません。でも少なくとも一流じゃないですよねえ」

と憎まれ口を叩きながらソファに戻って来て、

「それにしてもこの怪文書、犯人の手掛かりになりそうな文言が一つもないんですよね。これだけぐだぐだと回りくどく書いてる癖に、犯人の素性に繋がりそうな部分がまったくない」

その指摘には冷泉も同感で、

「そう、そこが私も引っ掛かっている。ちゃんと計算しているんだね、尻尾《しっぽ》を出さないように。これは案外、天然の異常者ではないのかもしれないな。正体を隠しているところといい、奇人の振りをしているだけの可能性もある」

「だったらちゃんと考えてこれを送って来てるってことですよね」

と久高は手袋をした手で、怪文書を封筒に収めながら、

「何か明確な目的があって送って来ていることになる。何なんでしょう、犯人の狙いは。師匠、誰かに恨まれているとか、ありませんか」

「ないよ、そんなの。久高くん、刑事みたいな聞き方するの、やめてくれないかな」

「でも、それくらいしか考えられませんよ。師匠を巻き込む理由は」

「しかし、そもそも私は、ほとんど世捨て人みたいな生活しかしてないじゃないか。人とあまり関わらず、ただ毎日ひたすら原稿を書いているという」

そう冷泉は主張する。誰かに恨まれる程、深い人間関係は築いていないと。

「だったら一方的に嫉妬《しっと》されてるとか」

と久高が言うので、冷泉は思わず苦笑してしまい、

「私のどこに嫉妬される要素がある？　売れない四流無名作家だよ。ああ、久高くん、ここは相《あい》槌《づち》打つところじゃないからね。嫉妬するなら、むしろ私が売れっ子の先生方にするよ」

「それなら単なる愉快犯でしょうか」

「だったらやっぱり売れっ子を狙うだろう、前にも言ったけど。私なんかをからかったって楽しくも何ともないだろう」

「うーん、確かにおちょくって遊ぶんなら有名人を相手にしますよねえ」

と久高は腕組みして、

「一方的と言えば、例の半纏おじさんはどうです？　ずっと師匠の部屋の窓を観察していますし、何か含むところがあるんじゃないでしょうか」

「いやあ、どうだろうか、何か実害をもたらしそうな人物とも思えないんだけどね。ただの町の変人ってだけで」

「でも、あのケーキ屋のチラシの裏のあれ、ほら、灯りが眩しくて迷惑だとかいうおかしな文

書。あれ、半纏おじさんが書いてるとは考えられませんか」

「そうかなあ。まあ、疑おうと思えばいくらでも疑えるけど、確証はないからねえ」

「うーん、僕には何となく半纏おじさんが絡んでいるように見えるんですけど、違うんでしょうかね」

と腕組みしたまま、久高は考え込んでしまう。

どうでもいいが、そろそろ久高には帰ってもらう時間だ。冷泉は仕事に取り掛かりたい。

とはいえ、すっきりしない一日の始まりである。

夜型の冷泉にとっては、これからが今日の始まりなのに。

こんな気分で原稿に集中できるのだろうか。

不安は増すばかりである。

*

翌、二十日の水曜日、面倒臭い来客があった。

今月は矢鱈と人が訪れて来る。

千客万来だ。

普段は静かな冷泉の仕事場なのに、こんなことは滅多にない。

面倒な男、石動山《いするぎやま》多《た》一郎《いちろう》は夕方近くにやって来た。ちゃんと冷泉の昼夜逆転生活を把握してくれてはいるけれど、それ以外には一切気を遣わない人物でもある。

久高はコーヒーを出してから、

「では、僕はそろそろ帰ります。失礼します」

と出て行く。来客に気を利かせたらしい。

石動山多一郎は先輩作家だ。年齢は少しだけ上で、作家としてのキャリアは冷泉と似たり寄ったり。しかし強烈に先輩風を吹かせてくる、唯一と言ってもいい同業の顔見知りである。編集者以外で冷泉の素顔を知っているのはこの人位だろう。

この仕事場の所在も知っていて、数ヶ月に一度、ふらっと顔を出す。もちろん手ぶらで。

何か用事があるわけではない。只の暇潰しだ。

たまにひょっこり顔を出し、勝手に机の引き出しを漁ったり蔵書を引っぱり出して散らかしたりキッチンで唐突にパンケーキを焼き始めたりソファで寝てしまったり、やりたい放題してくれる。非常に面倒臭い。

担当編集者が同じ太平洋出版の渡来さんなので、彼女の口から無理に冷泉の情報を聞き出しているのだ。その理由が、覆面作家の素顔を知りたいという好奇心一点だというから得手勝手である。

傍若無人《ぼうじやくぶじん》な石動山は、帰って行く久高を見送って、

「しかし、何だっておたくみたいな売れていない作家にアシスタントなんかいるんだ？　給料はちゃんと払ってるのか」

ずけずけと聞いてくる。照れくさいから例によって、久高のことは弟子とは言ってはいない。冷泉が返事をする前に石動山は、

「どうでもいいけど、そこの道端に、この部屋をじっと眺めているじいさんがいたぞ。電柱の陰に半分隠れるみたいに突っ立って、何だか陰気に窓を外から見ていたぜ」

〝半纏おじさん〟だ。どうやら今日も出現しているらしい。冷泉はため息を隠しながら、

「気にしないでください。別に害のある人物じゃありませんから、多分」

根掘り葉掘り詮索《せんさく》されても面倒なので、適当にいなしておく。

そういえば、スポーツジムやケーキ店のチラシの裏に書かれたあの奇妙な文書を警察に渡すのを忘れていたな、と冷泉は思い出した。刑事は訪問のたびに衝撃的な事実を突き付けてくるから、それどころではなくなっていたのだ。今度来た時には提出しよう、と冷泉は考える。

「そうか、何だか不気味な雰囲気だったけどな」

石動山はというと周囲を見回して、

「しかしこの部屋、やけに寒いじゃないか。何だ、エアコン切ってやがる。もう十一月も下旬だぞ。ケチケチするなよ」

勝手にリモコンを取って、エアコンのスイッチを入れている。さらに、冷泉の姿を上から下まで舐めるように、とっくりと眺めてから、

「おたくは相変わらず不健康な暮らしをしているみたいだな。おまけにその見映えのしない格好は何だ。黒ずくめじゃないか。黒のジャージに黒のトレーナーって、いつもそのなりだな。制服

じゃあるまいし。まさか外出する時もそのままなんじゃないだろうね。少しはお洒落に気を遣えよ。只でさえ女っ気のない生活なのに、そんなんじゃ益々モテないぞ」

何の遠慮も無く指摘してくる。大きなお世話である。

石動山は冷泉の向かいのソファにどっかりと座り込んで、

「そうそう、渡来くんから聞いたぜ。何だかおかしなことに巻き込まれているそうじゃないか」

野次馬根性丸出しで聞いてくる。どうでもいいが石動山は、渡来をくん付けし、冷泉をおたくと呼ぶ。変梃《へんてこ》なセンスの持ち主なのである。

「あっと、彼女に文句を言ってくれるなよ。俺が無理に口を割らせたんだから。渡来くんは悪くない。義理堅く、詳しい事情までは言わなかったんだから。何だか警察に指紋を採られたとか、それくらいしか白状しなかった」

「分かってますよ、渡来さんを責めたりしません。石動山さんがいつもみたいに厚かましく質問攻めにしたんでしょう」

冷泉が言うと、石動山は笑って、

「分かってるじゃないか。で、警察沙汰っていうのは何なんだ？　おたくが何かやらかしたのか。聞かせろよ、減るもんじゃなし」

こうなると石動山は梃子《てこ》でも引かない。

「仕方ないなあ」

うんざりしながら冷泉はため息をついた。この無遠慮な先輩にしつこく付き纏《まと》われては堪らない。何が面白いのか冷泉に矢鱈と関心を持って、事あるごとにちょっかいをかけてくる人なのだ。今回も噂を聞きつけて絡みに来たのだろう。この様子では、少しは話して聞かせないと大人しくならない。

諦めて冷泉は、事件の概要をざっと説明した。もちろん警察からオフレコだと口止めされている件は伏せて、大体の流れだけを話す。

それだけでも石動山は大興奮の体で、

「ひょお、そりゃなかなか香ばしいことになってるじゃないか。おたく、義憤に燃える殺人マニアに崇められちゃってるじゃないの。いやあ、剣呑剣呑。そこまで熱狂的なファンが付くなんて、作家冥利に尽きるじゃない」

「茶化さないでくださいよ。ただ変人奇人の類に粘着されているだけなんですから。こっちだって閉口しているんです」

「しかし、そこまで読み込んでくれるんなら、作家としてはありがたいことだろう」

「ちっともありがたくなんてありませんって。まるっきり誤読してるんですから始末に負えないんです。私は人を殺すべきだなんて一言も書いた覚えなんてないんですから」

「まあそうだろうなあ。おたくのふにゃっとした小説に主義も主張もありゃしないもんなあ」

と石動山は冷泉をからかうモードから一転、いきなり真顔になって、

「ちょっと整頓してみようか。この一件には怪しい人物が三種出て来る。まずはその一。実際に八重樫結愛さんを絞め殺した者。水の装飾とやらをやったのもこいつだな。具体的に何をしたの

かは分からないけど。とにかく実行犯と装飾者が別人というのは無理があるだろう。次にその二。おたくに怪文書を送り付けて来た者。こいつは今のところ実行犯と同一と見做されているけど、実はそうとは限らない。実行犯に殺害時の詳細を聞き出して、もしくは陰から覗いていて、それを怪文書の内容に反映させた可能性も考えられる。そしてその三。被害者と事前に連絡を取り合っていた者。これはおたくに成り済ましてメールか電話か知らないけれど、被害者と会う約束までしていた。まあ実行犯と同一人物と考えて差し支えないだろうが、別人の可能性だってゼロではない」

さすがにミステリー作家の先輩で、石動山はいきなり理屈っぽいことを言い出す。そして続けて、

「さあ、問題なのはこの三者が別人なのかすべて同一人物なのかだ。まあ、全部一人の人間がやったと考えるのが、一番すっきりするのは確かだけどな。怪しい行動を取る人物が、そう無闇に同時多発的に発生するとは考えにくい。どちらかが片方に影響を受けて動いたという線も捨て切れないけど、さすがにそれは考えすぎだろう。それぞれ別人で、実は裏で連絡を取り合って繋がっていました、というのもご都合主義的だ。二人や三人もいたら、それはもう組織と呼んでいい。おたくがそんな組織に目を付けられる覚えもないんだろう」

「もちろんです。ありませんよ」

冷泉が答えると、石動山は顔をしかめて、

「まだ寒いな、この部屋。あったかいコーヒーのお代わりが欲しい」

「それくらいセルフサービスでやってくださいよ。いつもは勝手にあっちこっち引っ掻《か》き回すくらいなんですから」

冷泉が突き放して言う。手の掛かる人である。

「ちぇっ、後輩も室温も冷たいや」

と石動山は諦めたようで、ソファに座り直すと、

「さて、さっきの一、二、三がすべて同一人物と仮定してみようか。そうすると幾つかクリアしなくてはいけない条件がある。一番の条件は被害者とコンタクトを取れるかどうかだな。つまり連絡先を知っていたかどうかだ。被害者の周囲にいた者が、他ならぬ被害者自身の口から聞いた、という線もなくはない。ただその場合、捜査は警察の領分になる。俺達が調べるのは不可能だ。被害者の周辺を警察が徹底的に洗えば、いつかはそいつに辿り着くだろう。けど、それじゃ詰まらないから、犯人はこっち側にいると考えてみよう。つまりおたくの周辺にいる。身近な人物が犯人だった、という展開はこの手のストーリーの定番だろう。意外性を出すには、話の中に登場する人物が犯人でなくてはならない。たとえ脇役でも構わないから」

それは冷泉も考えたけれど、しかし現実的ではないとの結論を得た。実際の事件とミステリー小説とは違う。真犯人が身近にいた、などという驚きや意外性があるとは限らないのだ。むしろあった方が、作り話めいていて現実性がない。

しかし石動山はどうやら野次馬根性だけで楽しんでいるらしく、

「おたくの身近に犯人がいるとなると、次の条件として、おたくの正体を知っていることが考え

られる。正体を知らないと怪文書を送ったところで、おたくがどんな反応をするか分からないからな。被害者と連絡を取るにしても、おたくのパーソナルデータをまったく知らないんじゃ上手く立ち回れないだろう。だから犯人は、覆面作家冷泉彰成を直接知っている人物に限られる。さっきの条件と重ねてみると、おたくのことをよく知っていて、尚かつ被害者の連絡先を知っている人物、ということになる」

「そんなお誂《あつら》え向きの人物なんていますかね」

「いるさ。被害者はおたくにファンレターを出している。それは太平洋出版を経由している。あそこは中規模の出版社だから、大手みたいに郵便物の管理をする専用部署なんてないだろう。ファンレターが届いても、編集部の誰かが担当者に配るとか、届いた手紙は一つの場所にストックしておいて担当者が各自そこから取って行くとか、管理は割と杜撰《ずさん》になっていることだろう。つまり編集部員なら誰でも、おたく宛てのファンレターを手に取ることが出来るわけだ。おたくもミステリー作家なんだから、手紙の封をこっそり開いて元通りに糊付けする手口の一つや二つ、知ってるだろう」

「それはまあ、知識くらいは」

「編集者だって俺達の小説を熟読している。謂わばミステリーのプロだ。そんな方法の一つも知っていてもおかしくはない」

石動山が自信たっぷりに言うので、冷泉は驚いて、

「編集部の誰かが私宛てのファンレターを開封して中を見た、というんですか」

「そう、それでそこに書いてあるメールアドレスを知ることが出来た、というわけだ。これで条件はクリア出来る。おたくのことをよく知っていて、かつ被害者の連絡先を知り得る立場にある。これで被害者にコンタクトを取っておたくに成り済ますことも出来るってわけさ」

「太平洋出版の編集部に犯人がいると？」

「まあ、そうだったら面白いっていう俺の勝手な憶測だけどな。俺に言えるのはここまでだ。後はおたくが自分で適当にやってくれ」

石動山は最後まで無責任に、勝手なことを言うのだった。

*

その二日後、二十二日の金曜日に、刑事二人組がまたやって来た。

例によって茂手木刑事と里見刑事のコンビである。どうやらこの二人が冷泉の担当らしい。

夕方なので久高も来ていたけれど、今回はコーヒーを出さなかった。前に二度も、口も付けずに残されたのを根に持っているのだろう。久高は自分の小さな机の前に窮屈そうに座って、ボイコットの構えである。

刑事二人は冷泉と向かい合ってソファに座る。前と同じでコートは着たままだった。そして前にも増して、顔に一枚ぺろりとゴムの膜を張ったみたいに、感情が読み取れない。

挨拶もそこそこに、茂手木刑事は切り出した。

「羽入美鳥さん、ご存じですね」

問い掛けは切り口上だったが、冷泉の記憶を刺激するものがあった。その名前は知っている。漢字の並びも分かる。

「前回の八重樫結愛さんの事件も未解決なのに、二件目の事件が起きてしまいました。羽入美鳥さんという女性が殺害されました。しかも同一犯である可能性が高いのです。二つの事件に類似性が多いからです。捜査本部は怒りで沸き立っていますよ」

二件目の事件。

冷泉は愕然として、息が止まりそうになった。

何ということだ。

二人目の被害者が出たというのか。

一体何がどうなっているのだ。

まさかそんなことが現実に起きるとは。恐ろしいことである。こんなことがあるなんて信じられない。

動転しきった冷泉がおたおたと、

「えーと、あの、私のところに来たということは、もしかしたらまた私の名前が出ているんですか」

そう尋ねると、茂手木刑事は爬虫類じみた無表情な顔だけを頷かせて、

「そうです、冷泉先生、いや失礼、冷泉さんにファンレターを出したと、羽入美鳥さんは生前に

言っていました。そしてその手紙に返事が来た、とも。八重樫結愛さんのケースとまったく同じです」

そうだ、ファンレターだ。冷泉は完全に思い出した。二週間程前に貰ったファンレター。その差出人の名前が記憶に残っていたのだ。羽入美鳥。確かそんな名前だったはずである。いや、それにしてもあのファンレターの出し主が殺害されるとは。これにも驚きを禁じ得ない。

冷泉は半ば腰を抜かしながらも、刑事達の後ろで自分の机からこちらを見ている久高に向かって、目顔で合図を送った。すぐに察してくれたようで、久高は冷泉の仕事机まで行き、引き出しからある物を取り出す。それを冷泉と刑事の間にあるローテーブルに音もなく置いた。羽入美鳥のファンレター。そして三日前に渡来が託して行った二通目の怪文書である。

冷泉はそれを目で示して、

「羽入さんの手紙は私が触りました。指紋が付いていると思います。そちらの大きめの封筒の中身には直接触れていません。手袋をしていましたから」

刑事二人は顔を見合わせてから、

「拝見してもよろしいですか」

「どうぞ」

冷泉が勧めると、刑事達はコートのポケットから布手袋を引っぱり出し、それを手に嵌めながら、

「まさかと思っていましたが、本当に届いていましたか。ファンレターはともかく、こちらの怪

しい封書の方はどうして報《しら》せてくださらなかったのですか」

と、茂手木刑事が少し非難めいた口調になって言う。

「すみません。本当に第二の事件が起こるなんて、想像すらしなかったものですから」

冷泉はもごもごと誤魔化した。怖かったからと素直に言うのは、さすがに四十男としては気恥ずかしかった。

刑事達は手袋をした手でファンレターと怪文書を開き、それぞれに目を通している。そして怪文書をじっくりと読んだ後、二人は意味ありげに目を見交わしてから、

「こちら、両方ともお預かりしても構いませんか」

そう茂手木刑事が尋ねて来る。

「どうぞ」

と冷泉は頷く。それを合図にしたみたいに、里見刑事が口を開いて、

「今回の事件で殺害されたのは羽入美鳥さん、二十五歳の会社員です。住所は大田区池上、ああ、ここに書いてあるから冷泉さんはもうご存じですね。勤務先は文具の卸し業。品川《しながわ》に会社があります。発見されたのは十六日、土曜日の早朝。江東区南砂《みなみすな》六丁目、明治通りから少し住宅街へ入ったところにある公園です。小さな公園で、これも八重樫結愛さんのケースとそっくり同じです。近所の小学生がサッカークラブの朝練習のために通りかかって、偶然発見しました。遺体はうつ伏せの姿勢で、植え込みの中に引きずって隠したような形跡がありました」

「今度は水道の水を飲まされてはいなかったんですね」

冷泉が聞くと、里見刑事はゴムマスクを被ったみたいに心の内が窺えない顔で頷き、

「それはありませんでした。そもそもその公園には水道施設がありません。死因は絞殺。これも前回とまったく同じです。凶器も紐状の物と推定されています。直径一センチ程の紐と思われる、との監察医の報告がありますが、その凶器は現場からは発見されていません。被害者の手荷物が紛失していて、暴行の痕跡は無し。これも前の事件を踏襲しています。犯人の遺留品や足跡など、直接的な手掛かりも発見されていません。公園周辺の防犯カメラも虱潰《しらみ》しにチェックしましたが、カメラの性能に問題があって、不審な車輛も映像が不鮮明で手掛かりになりそうにないのが現状です」

里見刑事の説明が終わると、茂手木刑事は淡々とした口調で、

「死亡推定時刻は前日、十五日金曜の夜七時から九時。被害者はその日六時に退社して、その後の足取りが摑めておりません。冷泉さん、その時間はどこで何をなさっていましたか。参考までに思い出して頂けますか」

「アリバイですね。えーと、先週の金曜の夜、ですか」

と冷泉は記憶を辿り、甲州街道で尾行された土曜日の前日だな、と思いながら、

「ここで仕事をしていました。私が夜型なのはお話ししましたよね。いつも通り、その時間は執筆です」

「それを証明してくれる方はいらっしゃいますか」

「いません。一人でしたから」

冷泉は答える。アリバイがないことになる。茂手木刑事は上体をねじって後ろを見ると、

「アシスタントの久高さん、あなたはどうですか」

と久高に質問する。

「僕も残念ながら。師匠と同じく一人暮らしですから」

「そうですか」

と、どう捉えたのか、無表情な茂手木刑事は、

「さて、先程も申しましたが、被害者の羽入美鳥さんは前回の八重樫結愛さん同様、事件の前にミステリー作家冷泉彰成氏とコンタクトを取っていました。ファンレターにレスポンスがあったということです。これは前の時と同じで、冷泉さん本人ではないとおっしゃいますか」

「ええ、私ではありません。連絡など一切取っていません」

冷泉は強く主張した。これは大切なことだから信じてもらえないと困る。任意同行で引っ張られでもしたら大事だ。本当にそんなことはしていない。身に覚えのないことである。

無表情な茂手木刑事は、

「羽入美鳥さんのファンレターの末尾にメールアドレスが記されています。ここにはメールなどしていないのですね」

「もちろんしていません、絶対に」

「それを証明できますか」

「証明って、どうすればいいのでしょうか」

「とりあえず前回と同じくスマホと、今回はパソコンも拝見できればと。メールをしていないことを、また確かめさせてください。ああ、ついでに久高さんも。お二人とも、メールなどしていないのなら見てもかまわないでしょう」

刑事の言葉に冷泉は思わず久高と顔を見合わせてしまう。久高は困惑した表情である。以前もそうだったが、他人にスマホをいじられるのにはやはり抵抗感がある。しかし、ここでゴネても変に疑われるだけだ。結局冷泉と久高は渋々と、各々のスマートフォンと作業用のパソコンを刑事達に差し出した。

二人の刑事はしばらくの間二台のスマホ、そしてパソコンを操作していたが、どうやら納得したらしく冷泉と久高にそれを返してよこした。

「どうですか。私はメールなんてしていないでしょう」

冷泉が言うと、刑事は面白くもなさそうな口調で、

「では、事件前にファンレターに返事をしたのは、今回も冷泉さんの成り済ましだということになりますね」

「そうです、断言します。私の偽者です。私は連絡なんてしていません。何者かが私の名を騙ったんです。前にも言いましたが、私は覆面作家です。素性も経歴も公表していない。誰かが私に成り済ますのは、それ程難しくはないはずです」

「なるほど、今回も何者かが成り済ました、と」

そう言って、冷泉をじっと見詰めたまま茂手木刑事はしばらく黙っている。何を考えているの

かさっぱり読み取れないので、不安になってくる。不気味な沈黙だ。

落ち着かなくなってこちらから何か言おうとした時、ようやく茂手木刑事は口を開き、

「成り済ました人物に、誰か心当たりはありますか」

「それが、いくら考えても思い当たる節がないんです」

冷泉が答えると、茂手木刑事は後ろを振り向き、

「久高さん、あなたはどうです。心当たりは」

「ありませんねえ。師匠本人が思い付かないんなら、僕なんかが分かるはずもありません」

久高が諦めたような口調で言うと、

「そうですか」

と茂手木刑事はこちらに向き直り、

「冷泉さん、犯人はあなたの名を騙って既に二人も人を殺《あや》めています。いつまでも知らない心当たりはないでは困るんですよ」

「そう言われましても」

冷泉は口籠《くちご》もる。そんな脅迫みたいなことを言われたって、こっちだって迷惑しているのだ。謂われのない疑いを向けられるのは大いに困惑する。早く何とかして欲しい。

刑事相手にそう不満をぶちまけても詮無いことなので黙っていたけれど。

緊張感の漂う中、里見刑事が発言して、

「我々は被害者の周辺を徹底的に洗ってきました。一週間かけてプライバシーにも踏み込んで、

徹底的に。しかし、殺人に繋がるようなトラブルは、今現在浮かび上がっておりません。人間関係、異性関係、仕事上のトラブル、友人知人との付き合い。どこをどう掘っても殺害されるような理由が出てこない。これはおかしいと思いませんか」

「そうですね、おかしいのかもしれません。私に言われても困るだけですが」

里見刑事の真剣な口調にたじろぎながら冷泉が言うと、今度は茂手木刑事が、

「八重樫結愛さん、羽入美鳥さん、お二人の共通点についても我々は調べ上げました。しかし今のところ、二人の被害者に接点は何も見つかっていないのです。二人が顔見知りだったという事実ももちろんまったくありません。年齢は二つ違い、出身地は群馬と高知で離れている。大学時代のサークル、交友関係、SNS上の繋がり、仕事面での付き合い、生活圏、何か接点がないか、こちらも虱潰しに洗いました。ところが何も見つからない」

じっとこちらを見詰めてきて、

「ただ一つ、冷泉彰成というミステリー作家のファンである、この一点だけが二人の共通点なのです。冷泉彰成にファンレターを出し、そして本人と名乗る人物とコンタクトを取っていた。今見つかっているのは、この一点の共通項だけなのです。つまり冷泉さん、この事件はあなたを中心にして回っているのですよ。あなただけが二人の被害者と繋がりがある。その当の本人が、知らぬ存ぜぬでは我々も困るわけです。いや、もっと端的に言えば、疑念を持つしかない、と申し上げている」

冷泉は何も答えられなかった。冷たい口調の茂手木刑事に気圧《けお》されて、返事も出来ない。

良くないな、このままでは疑われるだけだ。

冷泉は焦った。そして考える。

何か見逃していることはないか、何か見落としてはいないか。

そう必死で考えた。

刑事に疑いを解いてもらう、起死回生の思い付きは何かないものか。

しかし、焦れば焦る程何も思い付かない。

本当に何も心当たりがない。理不尽に巻き込まれたという他はない。

無言の冷泉に、茂手木刑事は冷ややかな態度で、

「今日のところはこれで失礼します。何かありましたらすぐにご連絡を」

冷や汗でびっしょりになった冷泉を置いて、刑事二人は帰って行った。

＊

刑事達がいなくなると、早速久高が自分の机を離れてこっちに来た。

さっきまで刑事コンビが座っていたソファに陣取ると、驚きを隠せない様子で、

「いやあ、まさかの展開ですね、師匠。本当に二人目の被害者が出るなんて」

「ああ、まったくだ。連続殺人に発展するとはね」

冷や汗を拭いながら冷泉が言うと、久高は、

「いや、僕は例の怪文書が来た時から身構えていましたよ。多分本当に、あの狂信者がやらかしたに違いないって」

「私は本気だとは思っていなかったな」

と冷泉は答える。だから怪文書は警察に提出せず、一旦棚上げにしたのに。本物だったなんて悪夢のようだ。

久高はスマートフォンを取り出して、

「ほら、先週のネットニュースに載っていましたよ。公園で女性の遺体が発見、ですって」

そう言ってニュース画面をこちらに見せてくる。なるほど、羽入美鳥さん二十五歳と身元が判明した、と出ている。顔写真も掲載されていた。凛《りん》とした目をした、綺麗な女性だ。こんなニュースが流れているなんて知らなかった。冷泉は只でさえ世捨て人みたいな生活を送っている。ひたすら原稿を書き、世情にはほとんど関心がない。だからネットニュースなどもめったに見ない。もっとも見たとしても、ファンレターの名前と同一人物とは気が付かなかっただろう。冷泉の注意力はそこまで鋭敏ではない。

「師匠の名前はどこにも出ていませんね」

「警察が気を遣ってくれたのかな」

「と言うより秘密の暴露の方でしょう。警察は犯人逮捕の決め手として温存しているんだと思いますよ」

と久高は何やら考えている顔で、

「犯人は師匠を巻き込んで、罪を着せる気なのかもしれませんね。それで師匠に成り済ましている。刑事達もあからさまに疑っていたでしょう。犯人の思惑に乗せられているんですよ、きっと」

「困るな、それは。警察ともあろうものがそんな企みに踊らされるなんて、近視眼的にも程がある」

「師匠の作品になぞらえたのも、そのためでしょうね。あ、だったら作品に原因があるんじゃないでしょうか。師匠は心当たりがなくても、繋がりが小説しかないんだから理由もそこにあると考えられますよ。師匠、小説が原因で恨まれているようなことはありませんか、例えば盗作とか」

「冗談はよしてくれ。私は盗作なんてしないよ。売れない四流とはいえ、最後のプライドくらいは持っている」

冷泉が主張すると、久高は首を横に振って、

「逆です、逆。盗作されたのは師匠の方。それを糾弾されて逆切れした、なんてケースも考えられます」

「そんなこと今まで一度もないよ。大体私は人と関わらない。糾弾なんて面倒なことはしないさ」

「だったら逆恨みでもない妄想とか。師匠に原稿を送り付けてきた作家志望者がいて、読んで感想を聞かせて欲しい、と言ってきた。しかし人と関わりたくない師匠はそれを黙殺。結果的に無

視された上、そいつは師匠の新刊に自分のトリックやプロットが丸々使われているのを見つけてしまった」

「おいおい、それじゃまるで私が盗作したみたいじゃないか」

「そこが妄想なんです。送り付けた原稿はまったく箸にも棒にも掛からない代物《しろもの》で、内容はまったく違うのに、師匠の本を読んでそこに自分のアイディアが使われていると、変な妄想に取り憑かれてしまった。そこで師匠を恨んで、殺人事件の犯人に仕立てようと仕組んだわけです。そういう類の奴なら、若い女性を殺して回りそうでしょう」

「それなら最初にもっと有名な作家を選ぶだろう。何度もくどいみたいだけど、私はマイナーな最底辺作家だよ」

「作家なら誰でもよかったんですよ」

「誰でもいいって言ったって限度はあるだろう」

「有名無名なんて気にしない性質だったんです」

「だからって正体もはっきりしない覆面作家を選ぶのは変だよ。原稿を送って感想が欲しいのなら、実績がある先生の方が良いに決まっている。新人賞の選考委員なんかをやっているような有名な先生とか。海の物とも山の物ともつかない正体不明の相手に送り付ける理由がないじゃないか」

「うーん、確かに、それもそうですね」

と久高は自説に固執せず、

「やっぱり覆面作家ってところがミソなのかなあ。顔が知られていないから成り済ましがやり易い。他の有名作家の先生方は、ちょっと検索すれば顔写真やインタビュー動画なんかがたくさん見つかる。その点、師匠は顔バレしていない。そこを突かれたんです」

「それはありかな、覆面作家だから利用されたってことか」

「覆面のミステリー作家は何人かいますけど、でもそんなに多くはないでしょう。選択肢が少ない中で、たまたま師匠が選ばれたんです」

「しかし選ぶにしても、もうちょっと知名度がある人を選んで欲しかったなあ」

冷泉がぼやいていると、久高は自分の机の引き出しからコピー用紙を出して来て、

「それよりこの怪文書が問題です。今回も本物だったんですよ。さっきの刑事の反応、見たでしょう。穴の開く程読み込んでいました。多分これにも前回と同じように、犯人しか知り得ない情報が書かれていたんですよ」

「秘密の暴露か」

「そうそう、きっと火ですね。火で浄化したとか聖なる炎とか、盛んにアピールしています。他の部分は師匠への空虚な賛美で埋め尽くされていますけど、具体的なのは火に関することだけです。刑事達は何も言いませんでしたけど、まず間違いなく火がキーワードでしょうね。遺体が火で装飾されていたんです。例えば、顔面が焼かれていたとか」

「やめてくれよ、久高くん、そういうおぞましいのは」

冷泉が思わず顔をしかめて、

「『双面の虜囚』になぞらえるのなら背中を燃やすって、この前言っただろう」

「ああ、そう言えばそうでしたね。そのこと、今度刑事に問い質《ただ》してみましょうか」

「今度って、また来るって言うのかい、刑事が。出来ることならもうあの顔は見たくないんだけどな」

冷泉がうんざりしながら言うと、久高は笑って、

「そりゃそうですね、来ないに越したことはないです。それにしても刑事は言ってましたよね、被害者二人には接点がないって。唯一の繋がりは師匠のファンだってことくらいで。やっぱりこの事件、師匠が中心にいますよ」

そんなことを言われても、冷泉としては困惑するばかりだ。何も心当たりがないのだから。連続殺人事件の中心に座らされる意味が分からない。冷泉は出不精で人付き合いをしない、しがないマイナーミステリー作家でしかないのだ。そんな詰まらない人間を陥《おとし》いれてどうしようというのか。

「うーん、師匠に思い当たる節がないなら、やっぱりランダムに選ばれただけなのかな、覆面作家の中から。いっそのこと思い切って、今からでもＳＮＳで顔出ししましょうか」

久高がおかしなことを言い出す。何だ、思い切ってと言うのは。意味が分からない。

冷泉は首を傾げて、

「今さらそんなことをして何になるんだ？」

すると久高はしれっとした顔で、

「少なくとも成り済ましの阻止にはなります」

「おいおい、これ以上まだ犯人が何か企んでいるって言うのかい。第三の殺人事件なんて願い下げだよ」

「顔出しすれば狂信者くんも幻滅して、次の犯行を思い留まるかもしれません」

「そんなに私の顔はマズいってことか。失礼な」

この期《ご》に及んでも久高はユーモアを忘れない。気持ちに余裕があるのは他人事《ひとごと》だからだろうか。

「とにかく、師匠がターゲットになっているのは間違いないんですよ」

「それは分かるように思うけど、具体的には何のターゲットだ？」

「そこが読めないから頭を悩ませているんじゃないですか。やっぱり罪をなすり付けようとしているのかなあ。いや、そんな単純な話でいいのかな、うーん、何か見落としてるような気もするんだけど」

と久高は自分の思考に集中してしまった。

何のターゲットだか知らないけれど、冷泉としてはたまったものではない。

早く犯人が捕まってくれたら良いのに、と思う。

そうすれば厄介事から解放されて、穏やかな気持ちを取り戻せるのに。

本当に、つくづくそう思った。

＊

週明けの月曜日、二十五日になってまた刑事コンビがやって来た。

いい加減しつこい。冷泉はげんなりしてしまう。この顔はもう見飽きた。

最初に告げたように、こちらの都合の良い夕方に来てくれるのは助かるけれど、出来れば来てくれないのが一番ありがたい。

またコートを着込んだままの刑事達は、冷泉と向かい合わせのソファに座った。

久高ももう来ていて、刑事の後方の自分の机に着いている。

すっかりお馴染みになった人員配置だ。

爬虫類じみた顔立ちの茂手木刑事は、これも見慣れた薄皮のゴムマスクを一枚貼り付けたみたいな無表情で口を開く。

「先日お預かりした怪文書の解析結果が出ました。用紙には指紋は無し。手袋痕だけが検出されています。消印はやはり渋谷中央局。封筒には雑多な指紋が入り乱れていて、投函したのがどんな人物か特定に至っておりません。ついでに羽入美鳥さんのファンレターも調べましたが、不審な点は見当たりませんでした。筆跡も羽入さんのもので間違いありません」

と簡潔に説明すると、ほんの少し口調を砕けたものにして、

「この際、腹を割って話してしまいましょう。ミステリー小説のような事件なので、本職の専門

家に意見を聞いた方がいい」

　と茂手木刑事は、

「怪文書に火の件がありましたね。やはり今回も死体に事後工作が施されていました。被害者の背中が焼かれていたのです」

　予測が当たって、かえってびっくりしながら冷泉は、

「地肌が直接焼かれていたんですか。衣服は脱がされていたわけですね」

「いえ、そうではありません。衣服は着たままでした。焼かれていたのは地肌ではないのです。コートは遺体の脇に落ちていましたが、これは元から脱いでいたのか犯人の手で脱がされたのか、定かではありません」

　と茂手木刑事は淡々とした説明口調で、

「焼かれていたのは上着です。被害者はニットの上着を着用していた。色は黄色。その背中に火を付けられていたのです。死体はうつ伏せの姿勢で発見されています。その背中が一面、満遍《まんべん》なく燃やされていた。ニットの上着の表面が一面に亙って炭化していました。ただし火の勢いは弱くて、上着の下のブラウスまでには達してはおりません。鑑識の話では、オイルライター用の油が使用されていたとのことです。これを背中一面に撒《ま》いて火を放ったわけです。しかしライター用オイルは、灯油や軽油と違って燃焼力があまり高くはない。それで上着の表面が焦げるに留まったのです」

「ライター用のオイル、ですか」

冷泉は何となく、繰り返して呟いた。その一人言も聞き逃さず、茂手木刑事は、

「そうです、ごく一般的な市販品ですから誰にでも入手可能です。その辺の量販店でも煙草屋《たばこ》でも売っていますから」

「それを使って火を付けた。何のためにでしょう」

「それを我々も知りたいのです」

と茂手木刑事は至って事務的な口調で、

「例の怪文書には『双面の虜囚』を手本にしたと書いてある。八年程前に冷泉さんが出された本ですね。拝読しました。あの作品では、女性の背中一面に観音菩薩《かんのんぼさつ》の彫り物《ほ》が入っていた。それを消すために、殺害した女性の背中を焼いた、というストーリーでしたね」

「ええ、そうです」

と冷泉は頷いたが、正確にはちょっと違っている。小説の中では、背中に彫り物があったと見せかけて、実際には入れ墨《ずみ》がなかったことを隠すために背中一面を焼いたのだ。人物の入れ替わりが主な目的であり、もっと複雑なプロットなのだが、刑事を相手に創作物の細かいところを指摘しても仕方がない。

「検視報告では、羽入美鳥さんの背中には彫り物などはなかったとのことです。綺麗なものでした。ごく普通の会社勤めの女性は背中に入れ墨など入れないものですからね。若い人のことですから、腕や大腿部《だいたいぶ》などにちょっとしたアクセントで小さなタトゥーを入れるケースもあるでしょうが、羽入美鳥さんはそうしたタトゥーにも縁がなかったそうです。周囲の人の話だと、彼女は

ごく地味なタイプで、そうした大胆なファッションを楽しむような性質ではないとのことです。ですから背中一面に彫り物など入れるはずもない。しかし発見時には『双面の虜囚』のように背中が焼かれていた。背中と言っても上着だけですが。これはどういうことでしょう」

「ごく表層的に見るならば、やはり見立てでしょうね」

冷泉の答えに、茂手木刑事は目を鋭くして、

「やはり見立てですか。第一の事件で八重樫結愛さんが、水を飲まされる形を取らされたのと同じ要領ですね」

「そうです。私の書いた小説では被害者の背中が焼かれていた。犯人はこの場面を模して再現したのではないかと思われます」

と冷泉が言うと、茂手木刑事は、

「『双面の虜囚』では被害者女性の背中の肌は直接焼かれていた。しかし実際の事件では上着の背中だけが燃やされていました。この差があっても見立ては成立するのですね」

「ええ、見立てですから完全な再現でなくても良いわけです。これは以前にもお話ししましたよね。死体を何かに模して装飾する。ミステリーではこれが見立て殺人の眼目になります。そのままでなくても構わない。それらしく見えるように飾り立てる。それが見立ての極意です。今回のケースでも、背中一面を火で炙る、という見た目が同じなので、これで『双面の虜囚』の見立てが成立していることになります」

冷泉は答えながら、別のことも考えていた。小説の中では面立ちのそっくりな女性が二人登場

する。一人は背中一面に観音様の入れ墨をしており、もう一人はしていない。犯人はこの二人の入れ替わりを誤魔化すために被害者の背中を焼いた。実際に殺害したのは入れ墨のない方の女性だったが、それを隠すために背中一面を焼いたのだ。捜査陣は背中の焼け爛《ただ》れた死体を発見したが、犯人の誘導もあって、てっきり入れ墨を消すために背中が焼かれたと信じ込む。人物の入れ替わりがトリックの肝である。ということは、この見立てを施した犯人も人物の入れ替わりを示唆しているのではあるまいか。そう思い付いて冷泉は、

「亡くなっていたのは本物の羽入美鳥さんでしたか」

「そうですが、何故です？」

茂手木刑事が鋭い目付きで聞いてくる。

「いえ、特に意味はありません、ちょっと気になったもので」

と冷泉はごにょごにょと言葉を濁した。入れ替わりは関係ないのか。しかし、見立てなどして何の意味があるのだろう。犯人は一体何のつもりなのか。

訝しく思う冷泉に構わず、茂手木刑事は話を続ける。

「この見立ての一件は、今のところマスコミには伏せています。しかし怪文書には火を使ったと書かれています。しかも『双面の虜囚』を手本にしたともあり、背中を焼いたことを仄《ほの》めかしている。これで怪文書の主は間違いなく犯人だと言えます。報道されていないことを知っていたわけですから、これは秘密の暴露に当たります」

やっぱり本物だったか、と冷泉は、刑事達の後ろの自分の席に座っている久高と目配せを交わ

した。二人で論じた推定は間違っていなかったわけである。

　茂手木刑事は無表情のままで、

「怪文書には今回も、冷泉さんの信奉者だと書いてあります。殺人を冷泉さんに捧げる、とも。前にも伺いましたが、そういう熱狂的なファンに心当たりはありませんか」

「いや、とんでもないです。私にそんな熱心なファンなんていませんよ。売れない四流作家にそんな信奉者なんているはずもない」

　冷泉は答える。刑事はしつこい。本当に何度も同じことを聞いてくる。さすがにうんざりしていると、茂手木刑事は体を捻って後ろを振り返り、

「アシスタントの久高さん、あなたはどうです、そういったファンに心当たりは？」

「ないですねえ。師匠はご自分でおっしゃる通り、人気はないですから」

　久高はのほほんとした顔で答えている。きみが言うなよ、と冷泉は胸の内で不平に思う。

「あなたご自身はどうです？　冷泉さんのアシスタントならば心酔していたりしませんか」

「僕がですか。いや、まさか」

　と久高は半笑いで応じた。冷泉は口を挟んで、

「彼はそんな殊勝な男じゃありませんよ。私を崇めるどころか、むしろ軽く見ているくらいですから」

「師匠、そこまでぶっちゃけなくても」

　久高は苦笑している。

茂手木刑事はこちらに向き直ると、

「では、そういう人物は周囲にはいないとおっしゃる」

「いませんね、私の知る限りでは」

と冷泉は断言し、ついでに気になっていたことを尋ねてみて、

「ところで、今回も前の事件と同じように絞殺だという話でしたね。方法も同一でしたか。前回は被害者に馬乗りになるみたいにのしかかって絞めた、ということでしたけど、今回もそうでしたか」

その質問に、茂手木刑事の隣に座った里見刑事が、

「今回は違います」

と答えてくれる。

「後ろから絞めています。監察医の話では被害者と加害者、両者共に立った姿勢で絞めた可能性が高いということです。索条痕が平行で、交差しているのが首の後ろ側でした。吉川線《よしかわせん》も首の前方にだけ均一に集中しています。これは背後から絞殺されたことを示している、というのが監察医の見解です」

「前と少しだけ手口が違いますね。この差に何か意味はあるのでしょうか」

冷泉の問いに、里見刑事はゆっくりと首を横に振って、

「さて、どうでしょうね。今のところは何とも言えません」

と曖昧な返答しかしなかった。捜査情報をすべて話すつもりはないらしい。

茂手木刑事が再び口を開いて、

「連続殺人事件の被害者は二人。八重樫結愛さんと羽入美鳥さん。この二人には接点がないのは前にもお話ししましたね。年齢、出身地、大学、勤務先とその業種、交友関係、生活圏。両者にはどこにも重なるところがない。接点があるとすれば只一つ、冷泉さん、あなたです。二人の共通点は冷泉彰成の愛読者であったこと。現在までの捜査ではこれくらいしか見つかっていないのです。これについてどうお考えですか」

また似たような質問をしてくる。冷泉は内心でげんなりしながらため息をついて、

「まったく心当たりはありません。事件の中心にいると言われても、困ってしまうだけです」

と同じような答えを返した。

それでも茂手木刑事は、無表情な目でじっと見てきて、

「何度も伺いますが、彼女らのファンレターに返事を出していませんね」

「もちろんです」

「何のコンタクトも取っていない？」

「ええ、それをやったのは私の成り済ましです」

「何者かが冷泉さんの名を騙って被害者に近付いたと？」

「そうに違いありません」

繰り返される質問に、判で押したように冷泉は答える。何度聞かれても同じだ。そんなことをした覚えがない。成り済ましの偽者が暗躍しているとしか考えられないではないか。

里見刑事が横から、スマートフォンを取り出してこちらに向けてきた。
「これをご覧ください。これは羽入美鳥さんが友人に送ったＬＩＮＥのメッセージです。日付に注目して見てください。十四日木曜、二十二時三十六分となっています。事件の前夜のものです。友人側のスマホからコピーさせてもらいました」
差し出された画面を見てみる。
『とうとう明日
冷泉先生に会うよ
金曜の夜に二人っきりって
これって実質的にデート？
きゃあ
どうしよう
何着ていこう』
茂手木刑事が、じっとこっちを見詰めてきて、
「被害者本人のスマホは荷物ごとなくなっていました。なので冷泉さんに成り済ました偽者と、具体的にどんなやり取りがあったのかは不明です。ただ、これを見ると分かりますが、羽入美鳥さんは冷泉さんの偽者と金曜の夜に会う約束をしていたわけです。そして、その日に殺害された。成り済まし犯が殺人犯と同一であることはこれで確定と思われます。また怪文書に火の話が出ていることから、これも犯人が書いたものと考えて

いや、もうダメだ
これ以上は誤魔化せない
こんなものを書き続けても意味がない
もうやめておこう

完全に追い詰められた
もう逃げられない

破滅だ
おしまいだ

畜生《ちくしよう》
あの弁当屋の女のせいだ

あの女が悪い
歩道橋でばったり出くわした時
ちょっと声を掛けただけなのに
あんな悪態をつくから

俺は悪くない

普段はあんなに愛想が良いのに豹変《ひょうへん》しやがって
急にあんな醜悪な顔であんな罵倒《ばとう》を

俺のせいじゃない
あの女が勝手に落ちたんだ
俺はちょっと手を伸ばしただけだ

他の二人も自業自得だ
俺が悪いんじゃない
俺は癒やしが欲しかっただけなのに

素直に俺を受け入れないから
だから殺すしかなかった
あのお喋り女共め

ああ
もうダメだ
何もかも終わりだ
逃げ場がない

いっそのこと自分で幕引き
その方が楽か
この世からの逃避

まぜるな危険
そうだなそれがいい
$NaClO + 2HCl \rightarrow NaCl + H_2O + Cl_2$

苦しいのはイヤだな
先に睡眠薬を呑んでおけば楽に逝《い》けるか

ああ畜生
くだらない人生だった

月光庵は結局未完か
それでもいいか

すべてが未完だ
何もかもがもうどうでもいい
本当に
どうでもいい

以上が冷泉彰成の執筆用パソコンから発見された文書の全文である。

あまりに長いので、驚かれた読者も多いことと思う。

この本の厚みの約四分の三を占めている。

さて、これが何かと言われたら犯人の書いた文書だと答える他はないだろう。ただし最も重大な事実を意図的に隠匿しつつ書かれたものだ。

もちろん、今回の連続女性殺害事件の犯人が冷泉彰成だという事実を隠しているのである。

報道等でその事実を既にご存じの読者の皆さんは、大いに違和感を持ちながらこの文書を読まれたことと思う。

冷泉は、と呼び捨てにするのは筆者には少し抵抗がある。かつては師と仰いだ人物を無下に扱うのは心が痛む。だからといって殺人犯に敬称を付けるのも不自然だろう。

従って、これ以降は敬称無しで進めることとする。


冷泉は何のつもりでこんな長文を書いたのか。

筆者が思うに、これは願望充足小説なのではないだろうか。

小説執筆の仕事を終えたら、気分転換に趣味の小説を書き始めるのが作家という人種だという。作家になるのはそんな変態ばかりだ、と冷泉も文書の中で記している。

冷泉もその例に洩れず、趣味の一環としてこの小説を書いていたのではないか。

謂わば現実逃避である。

この小説はＩＦの世界を描いている。

もし自分が犯人ではなかったら、という一種のパラレルワールド。それを夢想することで冷泉は精神の安定を図っていたのではないだろうか。

殺人に手を染めてしまった罪の意識に耐えられず、空想の世界へ逃げ込んでいた。警察に逮捕される恐怖から逃れるために、自分が犯人ではない世界を思い描いていた。そのための願望充足小説なのである。

本来の原稿書きの仕事を終えてから、少しずつこつこつと、この文書を書き綴《つづ》っていたと思われる。文書中に日付がいちいち入っているのは、恐らくその日にあったことをその日の深夜に書いていたからだろう。この願望充足小説を書いている時だけ冷泉は、自分が犯人ではないような気分に浸ることができたに違いない。小説世界に逃げ込んでいる間は、不本意にも事件に巻き込まれた無関係な自分でいられたのだと思われる。三人称小説の体裁で綴られているが、これはつまり妄想日記とでも呼ぶべき文章なのである。

だからといって、この文書すべてが嘘だというわけではない。

真実を描いている部分も多々あるのだ。

例えば、色々な人と交わした会話部分。これらは真実をそのまま書いてある。刑事達の事情聴取が終わってから、冷泉はよく筆者と二人で事件についてディスカッションしていた。その時の会話はほぼ正確に記述している。筆者の記憶とも合致している。

あのような会話をしている時、冷泉はあたかも事件とは関わりのない第三者のような態度を崩さずにいた。恐らく筆者に怪しまれないためだろうが、なかなか肝の据わった演技だったと、今思い返すと感心する。事件に巻き込まれただけの無関係な者を、実に達者に演じていた。見抜けなかった筆者が間抜けなだけだったと言われれば、反論の余地はない。実際、筆者は完全に騙されていたのだから。筆者の目が節穴だったわけだ。犯人がすぐ側にいたのにまったく気が付かなかった。大いに悔いを感じる。汗顔《かんがん》の至りだ。もっと早い段階で勘付いてさえいれば、少なくとも三人目の犠牲者は出さずに済んだことだろう。

そう思うと慚愧《ざんき》に堪えない。

筆者の反省はともかく、冷泉の文書の話に戻ろう。

冷泉は、筆者以外の人と交わした会話も事実に基づいて描いている。

茂手木、里見両刑事とのやり取り、編集者渡来紗央莉さんとの会話、先輩作家の石動山多一郎氏との対話。警察はこの文書を彼らに読ませ、文中の会話は本当にあったことかと質問することだろう。証人である彼らは、本当だと答えるに違いない。

石動山先生との会話は直接聞いていないので筆者は知らないが、他のやり取りはすべて同じ部屋にいて聞いていた。筆者の記憶とほぼ齟齬《そご》はない。刑事コンビや渡来さんも同じように覚えていることだろう。

この辺りの冷泉の文章は妙に律儀である。人と話した内容を、できる限り正確に再現している。

ミステリ作家なので記述はなるべく正確にという習慣が染みついているせいかもしれない。空想小説を書くに当たっても、事実をベースにしなくては気が済まなかったのだろう。たとえパラレルワールドを描くにしても、真実とかけ離れすぎてはリアリティがない。そう思いながらキーボードを打っていたに違いない。文書が、完全なファンタジーになるのは避けている。すべて出《で》鱈目《たらめ》で埋め尽くさなかったのは、ミステリ作家としての矜恃《きょうじ》だったのかもしれない。

このように第三者との会話部分は、ほぼ本当のやり取りが書かれている。

しかし嘘も少なくない。

基本的に、視点人物である冷泉自身が犯人だという事実を隠しながら書いているのだから、嘘で塗り固められていると言っても過言ではないだろう。

特に冷泉の心の内を綴った部分はすべて嘘である。外殻部分はほぼ真実だが、内側だけはまったくの虚偽なのだ。自分は事件とは無関係であり犯人などではないと、終始主張している。普通のミステリ小説では、犯人が偽証するなどセリフの部分に虚偽があって地の文には嘘がないのが常道だが、この文書ではセリフ部分はほぼ真実なのに地の文が虚偽だらけという逆転の構図を持っている。筆者はミステリ作家志望者としてなかなか興味深く感じる。

ただしこれがミステリ小説だったのならば、地の文に嘘があってはいけないという基本的なルールに抵触している。しかしこの文書は冷泉が現実逃避のために、願望だけを描いた空想の産物なのだ。恐らく誰かに読ませるつもりなどなかったことだろう。本人が精神の安定を図るために書いた趣味の小説だ。人に読んでもらうものではない。従って、フェアかアンフェアかを論じること自体がナンセンスである。冷泉が自分のためだけに書いた夢想なのだから、フェアである必要はないし意味もない。

とはいえ、自分のためだけに書いた他人に読ませるつもりのない文章なのに、冷泉は仕事場の内部構造の描写や筆者が弟子になった経緯など、妙に細部まで書き込んでいる。自分にとって自明の事柄なのだから、そのような説明部分は最初から省略してしまっても何ら問題はないはずだ。しかし冷泉は無闇に律儀に、細部まで詳しく書いている。この辺りは、常に人に読んでもらう文章を書き続けてきたプロ作家の習性なのだろう。初読の人にもきちんと意味が通じるような文章を書かないと落ち着かなかったに違いない。売れない売れないとボヤきながらも、つい滲《にじ》み出てしまうプロ作家の性《さが》。少し哀愁《あいしゅう》を感じてしまう。

ところで、筆者がこの文章を書いている時点では、事件についてまだ大きく報道されてはいない。これから真実が明らかにされるにつれて、騒ぎは大きくなることだろう。本書が出版される頃には大騒動になっていると予測される。

なにしろセンセーショナルな事件である。ネームバリューはないとはいえ、一応現役のミステリ作家が自著内の殺人事件を模して、自ら殺害した遺体を装飾した、というショッキングな事件なのだ。ミステリ作家が人を殺して、自分の作品の通りに見立てを行った。こんな事件は前代未聞だろう。

ミステリ作家は作中では、死体を色々な形で弄《いじ》る。それこそ見立て殺人事件なども描いたりする。

冷泉は今回、八重樫結愛さんのご遺体を水に絡めて『天空の海』を表現し、羽入美鳥さんのご遺体を火で炙って『双面の虜囚』を表現してみせた。ミステリ作家が自分の著作内で起きる事件に見立てて、ご遺体を装飾したのだ。これほど衝撃的な事件がかつてあっただろうか。

世間では大きな驚きをもってこのニュースが受け取られることだろう。

ワイドショーや週刊誌、ネットなども恐らく沸騰する。

無責任な揣摩憶測《しまおくそく》も飛び交うに違いない。犯人に対する誹謗中傷も激しくなるだろう。

それらが予測されるので、筆者はこの本を刊行する決心をした。

警察は、冷泉のこの文書の存在自体を隠してしまうかもしれない。世間を徒《いたずら》に騒がせないために、敢えて公表しないという方針を取る可能性は充分にある。公表したところで捜査上益になることなどないだろうし、社会不安を煽るだけだからである。

しかし、本当の内容をありのままの形で発表することが、無責任な憶測や中傷を抑制できる唯一の手段であると、筆者は信じる。真実よりも強いものなど存在しないだろう。

そこでこの文書に手を加えることなく公表し、筆者の考える本件の真実を書き添えるつもりだ。

もちろん今となってはすべては憶測の域を出ない。冷泉本人の口から語られることがない以上、筆者としても推測を重ねるしかない。うまくできるかどうか、やってみる価値はきっとあるに違いない。

まず最初は、立川響子さんの事件である。

弁当屋〝さがみ屋〟の従業員が歩道橋から転落死した事件だ。

この一件は不確定要素が多く、推定が難しい。しかし冷泉が文書の最後で少し触れているので、そこから想像の翼を広げてみることにしよう。

二人が出会ったのは歩道橋の上か、あるいはその近辺と思われる。歩道橋の階段から転落したのだから、そのごく近くで顔を合わせたのは間違いないだろう。ちょっと声をかけた、と冷泉は書いている。ばったり出くわした、とも。恐らく偶然出会い、店で顔を合わせた時と同様、気軽に話しかけたのだろう。「やあ、今お店の帰りなの」とか、至ってフランクな感じで。

しかし立川響子さんは虫の居所が悪かったのか、対応が冷たかった。冷泉の文書には、悪態をつく、罵倒された、とある。どんな言葉だったかは想像するしかない。「店の外で気安く声なんかかけないでもらえますか」とか「仕事中以外は客と店員じゃないんで」などと冷淡に突き放したか、それとも罵倒とあるからにはもっとひどい言葉で「うっせえなあ、話しかけてくるんじゃねえよ」とか。もしくは容姿を揶揄《やゆ》するような単語で面罵《めんば》したとも考えられる。

店での愛想のよさとのギャップに冷泉は戸惑った。そこから先の出来事はまた想像を重ねるしかない。暴言を咎《とが》めながら呼び止めようとして肩に手を置いたか、腕を引き寄せようとしたのか、それともかっとなって突き飛ばしたのか。どういう状況かは分からないが、とにかく冷泉の行動が原因で立川響子さんは階段から転落した。冷泉はそうして彼女を殺してしまったのだ。すぐに警察か救急車を呼べばよかったのかもしれないが、しかし恐ろしくなった冷泉は逃げてしまった。そして自首などすることもなく、頬被《ほおかぶ》りを通すことにした。捕まるのが怖かったのだろう。

これが第一の事件の顚末だと筆者は推測する。

次に冷泉のしたことは、八重樫結愛さんにコンタクトを取ることだった。

冷泉は立川響子さんの悪罵でひどく傷ついた。容赦ない言葉で罵《ののし》られ、男としてのプライドがずたずたに引き裂かれたように感じたのだろう。誇りと尊厳を踏みにじられ、心に大きなダメージを負った。女性によって傷ついた心は女性によって癒やされなければならない。そういった、いささか古くさい男尊女卑的な価値観から、女性と懇《ねんご》ろになることを望んだ。幼児的で身勝手な願望から、女性の優しさと母性を希求した。

冷泉はそんな心境だったのではないかと筆者は想像する。もちろん、図らずも殺人に手を染めてしまった恐怖からの逃避のためでもあったのだろう。

とにかく冷泉は、女性に癒やしを求めたのだと思われる。文書にも、癒やしが欲しかった、と書いてあるのはそういう意味であろう。

女性に安らぎと母性を求めた冷泉は、とにかく誰でもいいから女性と接触しようと望んだ。しかし周囲にそう都合のいい女性などいるはずもない。まさか担当編集者の渡来さんに甘えるわけにもいかない。お店やサービスを利用するお金はなく、そして出会い系サイトやナンパなどの見知らぬ女性が相手では、また傷つけられる恐れがある。そこで冷泉はふと思い付いた。自分のファンならば冷泉にアドバンテージがある、と。

ファンならば冷泉を無条件に尊敬してくれている。それならば少なくとも出会い頭に罵倒されることもないはずだ。冷泉はそんな安全策を採ることにしたわけである。

そこで半年前にもらったファンレターを引っぱり出してきて、アドレスに連絡を入れた。冷泉にはそれしか伝手がなかったのだから。

ネット上で少しやり取りをした後、直接会う段取りをつける。

会ったのは十一月一日、金曜日のことである。

この日の夕方、冷泉はいつになく機嫌がよく饒舌だった。筆者を相手に小説論を一席ぶったりもしていた。女性と二人きりで会う直前で、テンションが上がっていたのだろう。珍しく師匠面をして筆者に宿題を出したりしたものだ。そのお陰で筆者にアリバイができたのだから、奇妙な因縁ともいえる。

ちなみにそのアリバイの根拠となった宿題の短編小説を提出するために、筆者が冷泉の部屋を訪れた翌日の早朝。世事に関心を持たずめったにニュースなど見ないはずの冷泉が、その朝に限って珍しくテレビのニュースを見ていたのを、筆者は記憶している。あれは前日の夜に殺害した八重樫結愛さんの死体が発見されたかどうか気になって、それを確かめようとしていたのだろう。

そう、八重樫結愛さんとのランデブーは失敗に終わった。何しろ、殺人という考え得る限り最悪の結末に至ってしまったのだから。

八重樫結愛さんとしては、ただ憧れの作家に会える。嬉しいけれどそれ以上でもそれ以下でもなかったのだろう。

一方で冷泉には下心があった。女性の優しさで癒やしてほしい。殺人と罵倒の二つのショックを母性で柔らかく拭ってほしい。そう望んでいたのだ。

これだけ両者に温度差があってはうまくいくはずがない。

冷泉の車の中か、それとも人気のない公園などか、場所は特定不能だが、冷泉は八重樫結愛さんに迫った。交際を求めたのか、ホテルへでも誘ったのか、はたまた口づけのひとつもしようとしたのか、とにかく求愛行動に出た。無論、八重樫結愛さんにはそんなつもりはない。当然冷泉を拒んだことだろう。立川響子さんの時と同様に、強い拒絶の言葉で罵ったのかもしれない。

結果、冷泉は頭に血が上り、我を忘れて絞殺してしまったのだろう。

こうした短絡的な冷泉の行為には、彼の持つ女性観が影響していると考えるのは穿《うが》ちすぎだろうか。例えば、妄想小説の中に出てくる彼の高校時代のエピソード。学校一の美少女に手酷《てひど》くからかわれて、ショックを受けた話である。文中では青春の一ページなどと軽い扱いで書いてはいるが、実際には冷泉のその後の人格形成に影響を及ぼすほどの出来事だったのではないだろうか。心の傷は、女性全体にルサンチマンを持ち、過大なコンプレックスを抱えるきっかけになったとは考えられないか。ねじくれたコンプレックスは、女性という存在そのものへの憎しみと敵《てき》愾心《がいしん》を育み、憧れの裏返しで強い憎悪と恨みを拗らせていたのかもしれない。歪んだ自意識と過剰な憧憬《しょうけい》の裏返し。これが事件の動機の一因であったとするのは、筆者の考えすぎであろうか。

故に冷泉の犯行は稚拙《ちせつ》だった。ミステリ作家としてはいささか直情的すぎて、お粗末な犯行としか言いようがない。

ただ、これは計画殺人などではなく、あくまでも突発的な犯行であるから、無理からぬ結果なのかもしれない。計画的な殺人だったのならば冷泉も、ミステリ作家の名誉にかけて、もっと凝った手段を取ったことだろう。しかし今回はただかっとなった挙《あ》げ句《く》の犯行なので、綿密な計画も練った手法も使う余地がなかったわけだ。

こうして八重樫結愛さんを殺害に至った冷泉は、車に遺体を乗せて移動し、寂れた公園に放置した。

その際、被害者の荷物を丸ごと奪っているが、これはもちろん金品が目的などではなく、八重樫結愛さんのスマートフォンを持ち去りたかったからに違いない。冷泉とやり取りした履歴が残っている。現場に放置しておくわけにはいかない。

そしてある理由から、水道の水を遺体の口に飲ませる形を取る、という細工をした。これについては後述する。

冷泉はそうして現場を立ち去り、素知らぬ振りを通す。何食わぬ顔で日常に戻ったのだ。

被害者のスマートフォンは冷泉とのやり取りが残っているので処分した。

一方、冷泉のスマホにも八重樫結愛さんとの連絡の痕跡が残っているはずである。ただし冷泉は自分のスマホを刑事に見せて、自らの潔白を証明しようとしていた。これは恐らく、別のスマホを使っていたものと想像できる。

スマホの二台持ち、三台持ちをしている人は珍しくはない。用途によって使い分けているのである。冷泉もそんなスマホをもう一台持っていたのだろう。ただし表には出せないものだ。いかがわしい動画を猟《あさ》ったり、出会い系チャットに参加したり、風紀上芳《かんば》しからぬ通販に利用したり、そうした人に言えない用途に特化したスマホである。ひょっとしたら闇サイトなどで買った足の付かないものかもしれない。これを八重樫結愛さんとの連絡にも使っていたから、どう調べても自分には辿り着けない、そういう自信が冷泉にはあったのだろうと想像できる。

恐らくそのスマホはもう処分されてしまったことだろう。最後の殺人の後で、証拠隠滅として冷泉自身の手によって、警察が発見できないよう葬《ほうむ》られてしまったに違いない。

八重樫結愛さんの殺害後、冷泉はいくつかの事後工作をしている。

例の怪文書を書いて太平洋出版編集部に送ったのもその一環だ。

もちろんあの怪文書は冷泉の手によって書かれたものである。曲がりなりにもプロ作家の冷泉にとっては、あのような異様な文体の手紙を書くのは造作もないことだっただろう。

殺人は突発的なものだったが、被害者に会った動機は女性に癒やしを求めてのことだった。しかしそれを見破られては、冷泉が犯人だと露見してしまう恐れがある。そこで怪文書の中ではしきりに『愚民死すべし』という奇妙なスローガンを連呼し、それを強調して真の動機を隠そうと画策したのだと思われる。

ちなみに、怪文書の実物は証拠品として押収されてまだ警察にある。多分そのまま保管されて、日の目を見ることはないだろう。こうして本書に全文を掲載できたのは、たまたま筆者が気まぐれを起こしてコピーを取っていたからである。何が幸いするか分からないものだ。この点だけは筆者の手柄だと誉めてもらってもいいかもしれない。

それはともかく、怪文書を投函した冷泉はさらに、十一月六日、太平洋出版に謎の電話をかけ、編集部の渡来紗央莉さんを出版社の玄関まで誘導する細工をしている。

これはもちろん、不審人物が渡来さんの顔を覚えようとしたかのように見せかける偽装である。電話はしたものの、冷泉は太平洋出版に出向いてなどいないだろう。よく知っている渡来さんの顔を確認する必要はない。あくまでも、不審な何者かが渡来さんの顔を見たがっている、とするための細工である。

不審な人物が渡来さんの顔を覚えて尾行したのではないか、と推定したのは筆者であるが、もし筆者が言い出さなかったら、冷泉は自分からそれを主張するつもりだったに違いない。そして、渡来さんが尾行されたせいで、自分の正体を知られたように偽装したわけである。

冷泉の文書の中には、怪文書を受け取って困惑したという記述が頻出するが、これは無論出鱈目だ。願望充足小説の世界では、冷泉はあくまで何も知らずに事件に巻き込まれただけのポジションをキープしなくてはならない。自分が書いた怪文書に、自ら困惑した芝居を続けていただけである。

ちなみに、夜の甲州街道で尾行されたというエピソードも、もちろんまるっきりの嘘だろう。自分は被害者であり犯人などではない、というパラレルワールドを補強するため、願望を創作して文書に記しただけであろう。

尾行が本当だったのならば、もっと多くの人に吹聴していたに違いない。刑事達にも相談していたかもしれない。しかし冷泉がこの件を話したのは、筆者ただ一人のみである。その理由は明白だ。願望充足小説の中だけのフィクションを、あまり多くの人に喋るわけにはいかなかったただけの話である。いくら架空の犯人をでっち上げるためとはいえ、あからさまな嘘を広めたりしたら不自然になる。そう自重したのだろう。


さて、八重樫結愛さんの遺体が発見されると、冷泉の元に刑事達がやって来た。

冷泉はこれに対応することになる。

この時も知らぬ存ぜぬで通したのは言うまでもない。冷泉は何度か事情聴取を受けているが、この姿勢を崩すことはなかった。

刑事の最初の訪問を受けていた頃、冷泉はすでに次のターゲットである羽入美鳥さんとのコンタクトを始めている。

その神経の図太さは筆者の理解を超えている。

恐らく直前の失敗を顧《かえり》みることなく、懲りもせずに女性の温もりを求めたのだろう。

二人も人を殺したという重圧から逃れるためには、どうしても癒やしが必要だったのだろうか。

警察にマークされているという危険から目を逸らし、ひたすら女性を渇望《かつぼう》している。醜悪というか滑稽というか、男の愚かさが露呈していると言う他はない。

冷泉はそこまでしても女性の優しさに癒やされたかった。

ギャンブル依存症にも似た心理だったのかもしれない。ここまで負けが込んだのだから次こそは報われたい、というような心理状態だったとも考えられる。ギャンブルは負け続けると、次こそはと有り金すべて突っ込むケースがままあると聞く。ほとんどやけくそだ。そうしたギャンブル中毒者と似た心理が、冷泉にも働いていたのかもしれない。

とにかく冷泉は新しく入手したファンレターの相手、羽入美鳥さんに連絡を入れた。例によってファンならば与《くみ》し易いという打算があったに違いない。

十一月十五日、金曜日の夜、冷泉は羽入美鳥さんと会う。そして、前回の八重樫結愛さんの時の二の舞を演じてしまうことになる。

荷物を持ち去ったのも、前回と同じくスマートフォンが目的だ。ただ、それだけを持って行くと狙いが明白になってしまうから、カムフラージュとして荷物ごと奪った。そしてある事情から火の細工をし、被害者の背中を焼いたのだが、これについても後で詳述する。

その後、再び怪文書を送り、架空の犯人を造り上げた。自分から疑いの目を逸らすために、より怪しい人物を創造したのだ。

この怪文書は、あくまでも保険のつもりだったのではないかと、筆者は想像する。冷泉としては、なるべくなら警察に見せるのは避けたかったのではないだろうか。

狂信的ファンによる異常な犯行という設定は、いかにも苦しい。筋書きとして信憑性《しんぴょうせい》に欠け、無理がある。作り話めいていて人物像が極めて不自然だ。

従って、冷泉にとっては苦肉の策だったのではないかと、筆者は思う。

根拠はある。

被害者は二人とも次の行動を取っている。

①冷泉にファンレターを出したことを周囲の人に洩らす

②ファンレターにレスポンスがあったことを周囲の人に洩らす

③冷泉と直接会う約束をしたことを周囲の人に洩らす

この三つである。

冷泉は当初、この三つの行動を被害者達が行っていなかった、と読んだのではないだろうか。

まず①。女子中学生がアイドルにファンレターを送り、友人達ときゃあきゃあはしゃぐ場面ならば容易に想像できる。

しかし被害者は二人とも二十歳をすぎた立派な社会人である。

お気に入りの作家にファンレターを送ったと、人に話したりするものだろうか。

あまり多いケースとは思われない。

周囲に読書好きな友人などがいなければ、そんなことを話す機会はそれほど多くはないだろう。好きな作家にファンレターを出すという行為はある種照れくさく、黙っていることの方が多いのではあるまいか。ファンレターを送ったことなどは、生活している上でそれほど大きなトピックでもない。わざわざ人に伝える話題でもないだろう。

そう考えると、被害者が①の行動を取らなかったと冷泉が見当をつけたとしても、これは無理からぬことと思われる。

そもそも読書人口が減少する一方の昨今、大人で社会人の被害者の周囲に、お気に入りの作家の話題を共有できる相手がいる確率は、それほど高いとは思われない。冷泉もそれだから、①の行動を被害者が取らなかったと考えたのだろう。

まして②③もあまりあることとは思えない。

一般層にも著名な作家ならばともかく、冷泉が文中で何度も自虐混じりに記しているように、彼は極めてマイナーな作家でしかない。世間の人はその著作はおろか、名前すら知らないだろう。読書好きな人達の間でも、冷泉彰成の名はほとんど浸透していないはずだ。自身が言うように、無名の四流作家というのは、客観的に見ても事実である。

そんな無名作家からファンレターへの返事があったことや、近々直接会うことになったという話は、果たして自慢になるものだろうか。周囲の人に思わず喋りたくなる内容なのだろうか。

もちろんファンである被害者個人にしてみれば、この上なく嬉しいことであろう。

しかしその自慢話が、周囲の人の共感を得られるとは到底思えない。ひとえに冷泉が無名だからである。名も知らぬ作家に会えると自慢されても、周囲の人にしてみれば「ふうん」くらいの感想しかないだろう。そうした反応になるのは、被害者も予測できたはずだ。

だからこれも、積極的に出す話題ではないと思われる。

冷泉もそう考えたからこそ、被害者がこの①②③の行動を取っていないと踏んだのだ。

そうであれば彼女らが殺害されたところで、捜査線上に冷泉の名前が浮かぶ危険はない。被害者と冷泉を繋ぐのは、ファンレターとそれに対するレスポンスのメールのみである。被害者のスマートフォンを持ち去ってしまえば、そのメールが捜査陣に読まれる恐れは絶対にない。そうなれば冷泉と被害者女性を結ぶ線はどこからも発見されないはずだ。被害者が冷泉彰成という作家のファンだと知られても、よもや直接連絡を取り合っていたとは、警察も考えたりはしない。

これで捜査の手が、冷泉に伸びてくることはない。警察が冷泉に接触する恐れもないはずである。

冷泉が事情聴取される機会がなければ、怪文書を提出することも、当然ない道理だ。自分が疑われていないのならば、スケープゴートを仕立てる必要もないからである。

封筒を持って来た編集者の渡来さんには内容は見せず、長文で熱烈なファンレターをもらったよ、と説明すればおしまいだ。警察は冷泉に辿り着くことができずに、事情聴取などもされないだろう。それが冷泉の目算だった。だから当然、怪文書の出番もなかったはずだ。冷泉はそう考えて、あの手紙を提出するつもりもなかったのだろう。

警察が八重樫結愛さんの件で事情聴取に来たにもかかわらず、冷泉が二人目の羽入美鳥さんに接触を始めたのも、彼女がこの①②③の行動を取っていないと予測したからに違いない。

しかし案に相違して被害者は二人とも意外にも話し好きで、周囲の友人知人に何でもあけすけに喋ってしまうタイプだった。

無名作家と会うのを自慢されても、聞かされた方は戸惑うしかないが、それを気にせずに彼女らは喋ってしまった。①②③の行為を行った。

こうして冷泉の読みは外れた。

自虐がすぎて自身を過小評価してしまったという一面もあるだろう。冷泉が予測していたよりもずっと、被害者にとっては彼に会えるのは大きな嬉しいイベントだったのだ。思わず周囲の誰彼構わず話したくなるくらいに。

こうして読みを外した冷泉は、刑事の訪問を受けることになったのである。

思えば、最初に刑事と対応した時の冷泉の行動も不自然だった。八重樫結愛さんのファンレターと第一の怪文書を提出した順番の話である。

あの時の順番はこうだった。
・刑事が八重樫結愛さんのファンレターの話をする
↓
・冷泉がファンレターの現物を提出する

・〝冷泉先生からファンレターの返事が来て、直接会う約束もした〟のを、被害者は周囲の人に話していた。その事実を刑事が冷泉に伝える
↓
・冷泉が怪文書を提出する
↓

という流れだったはずだ。冷泉の妄想小説の中でそのように記述されているし、筆者もそうだったと記憶している。茂手木、里見両刑事も、同じように覚えていることだろう。

ただし、この流れはよく考えると不自然である。

本来ならば、八重樫結愛さんのファンレターの話が出た時点で、ファンレターと怪文書の両方を提出するはずだろう。殺人があったと聞かされれば、もうそこで「実はこんな奇妙な手紙も届いていまして」と、怪文書を出してくるのが普通の流れであろう。

ところが冷泉は、怪文書を出すのを遅らせようとしていた節がある。被害者が①の行動を取り、刑事もファンレターの件を聞き及んでいると知った後で、冷泉は八重樫結愛さんのファンレターを提出した。そして②③の行動もあったと知らされて、そこで初めて怪文書を出しているのだ。もし②③がなかったのならば、冷泉は怪文書を提出しなかったに違いない。②③が警察に把握されていると知って、渋々怪文書の提出に踏み切ったのである。

第三の殺人、羽入美鳥さんの時も同様だった。

刑事から①②③の話があってから、冷泉はファンレターと第二の怪文書を提出している。そもそも、第二の怪文書が届いた際、筆者は警察に届けることを提案したのだが、冷泉は何やかやと口実をつけてこれを拒否しているのだ。明らかに、出し渋っている態度という他はない。

これは、冷泉にとって、怪文書はあくまでも保険にすぎなかったことの顕れだろう。自分に捜査の手が及ぶ危険が出てきた時、そこで初めて架空の狂信的犯人という代替案を提出していたのだ。『愚民死すべし』という奇矯《ききよう》な思想に毒された異常な犯人の登場は、冷泉にとっては非常手段だったに違いない。元々は登場させる予定ではなかった。

本来ならば怪文書は警察に見せるつもりはなかったから、前述したように不自然な順番になってしまったわけである。

ただし冷泉は、筆者にだけは前もって怪文書を見せている。警察に提出する予定のない怪文書を筆者に開示した理由はなぜか。これは万が一後で警察に見せるところまで追い込まれた場合、身近にいる弟子に奇妙な手紙を見せていなかったら不自然な印象を与えかねないので、それを防ぐためにやむなく見せておいただけと考えられる。

冷泉の当初の目算では①②③は起こらず、被害者と冷泉の接点は見つけられない。警察も冷泉のところまでは辿り着けない、という算段だったはずである。筆者にあらかじめ怪文書を見せておいても「おかしな読者もいるものだね」と笑い話で終わらせてしまう予定だった。怪文書には具体的に、どこで起きたどういう事件かは書かれていない。というか、冷泉が巧妙にぼかして書いていた。だから怪文書を読んだだけでは、大久保駅近くで死体が遺棄された八重樫結愛さんの事件と直接結びつけることは不可能である。だから最初に怪文書を見せられた時、筆者も「奇妙な人がおかしな手紙を送ってきたな」という感想しか持てなかった。その時点では実際の殺人事件と関係があるとは、夢にも思っていなかったからである。

従って、刑事達が冷泉の前に登場さえしなかったら、奇妙な手紙と現実の事件はリンクしなかったはずである。そういう意味でも、怪文書はあくまでも保険だったわけだ。

怪文書があのいう奇天烈な内容だったのも、無論冷泉が自身から疑いを逸らすためである。警察が冷泉の元に辿り着いたということは、被害者が冷泉の愛読者であることを、警察が既に把握している段階に来ているはずだ。そこでもっと毒々しい冷泉の狂信者という登場人物を創出して、愛読者にはさらに強烈な人物がいるという印象を演出し、冷泉と被害者がコンタクトを取っていた事実が別に大したことのないように見せる目的があったのだろう。頭の中身が吹っ飛んだ奇矯な人物の存在感を強めて、冷泉から疑いの目を逸らすのも狙いだったに違いない。そして事件現場を見立てにすることで、異常な人物の行動に見せかけて、本来の理由を隠す煙幕《えんまく》にしたわけである。その真の目的については後述するが、もし警察が冷泉に辿り着けなかったのならば、狂信者というアクの強いキャラクターも必要ではなくなる。従って、狂信者という登場人物を案出して怪文書を出したのも、あくまでも保険だったのではないかと筆者は考えた次第である。怪文書を表に出すか出さないかは、冷泉にとっては賭けのようなものだったのだろう。

しかし冷泉はその賭けに敗れた。

被害者が二人とも①②③の行動を取ってしまったからだ。

そこで本来ならば出現させる予定ではなかった架空の成り済まし犯を、刑事の眼前に提示するところまで追い詰められてしまったわけである。

追い詰められたといえば、最終的に冷泉を追い込んだのは、茂手木刑事が最後に見せたＬＩＮＥのメッセージだったのだろう。

元より刑事からの強いプレッシャーを受け続けて、冷泉の精神は弱りきっており、そこに決定的な一撃が決まった形だ。

三人目の被害者、羽入美鳥さんが友人に送ったＬＩＮＥのメッセージ。事件前夜に『明日、冷泉先生と会う』と伝えた文言。これが冷泉にとって最後の一撃となった。

ただでさえ苦しい立場に追い込まれていた冷泉を、もう逃げ切れないと判断せしめたのが、刑事が去り際に見せたＬＩＮＥだったと筆者は考える。実際、あれを見せて刑事コンビが帰った後、冷泉はしょげ返っていた。筆者が声をかけても上《うわ》の空で、おろおろと動揺していた。完全に様子がおかしかった。あれはやはり、もはや逃げ道はないと悟って絶望していたのだろう。

警察は恐らく、かなり早い段階で冷泉に目を付けていたと思われる。専門家に意見を聞きたいなどと、もっともらしい口実で冷泉をおだてて、実際には細切れの情報をちらつかせることで一つ一つの反応を窺っていたのだろうと思われる。優秀な本職の刑事が、ミステリ作家といえども素人の意見など、本気で参考にしたがるはずもない。あの時にはもう警察は冷泉に疑惑を持っていて、小出しの情報でどんな反応をするのか観察していたに違いない。

被害者と事前に連絡を取り、近々会う約束をしていた人物が怪しいのは自明の理である。羽入美鳥さんが事件当夜に会ったのが冷泉だった。ＬＩＮＥの文章からこれは明らかだ。これが決め手となり冷泉は観念し、書きかけていた妄想小説も途中で放り出した。

冷泉の主張では、被害者達と連絡を取り合っていたのは成り済ましの偽者ということになっていたが、そんなご都合主義的な人物がいるはずもない。狂信的な信奉者が冷泉の愛読者を殺して回っているという、冷泉のでっち上げたストーリーにはやはり無理がある。そんな曖昧な理由で連続殺人に踏み切る犯人像という設定は、いささか苦しすぎる。もちろん突発的な犯行だったから、冷泉としても練りに練った末にこうした架空の殺人鬼を創出したわけではないだろう。曲がりなりにもプロのミステリ作家なのだから、時間の余裕があればもう少し現実的な犯人役を設定したに違いない。あの狂信者は、言ってみれば苦し紛れの即興の産物だ。本人もそれはよく承知しており、いつまでも逃げ回るのは不可能と感じて、最終的な覚悟を決めたのだろう。

最終的な覚悟、すなわち自死することである。

読者の皆さんは既に報道でご存じのことだろう。

冷泉彰成はすべての責任から逃《のが》れて、死の世界へ去ってしまった。

刑事の最後の訪問が十一月二十五日の月曜日。その夜に冷泉は、妄想小説の最後の部分を書いたと思われる。その途中で完全に追い込まれていることを改めて実感し、小説を途中で放棄した。冷泉の文書が中途半端に途切れているのは、それが理由だ。最後の部分は半ば錯乱《さくらん》し、頭に浮かんだことを垂れ流しにキーボードを打っている様子が見受けられる。あれは最後の決断をして、ほとんど無意識の内に打鍵したのだと思われる。

明くる二十六日に冷泉は決行した。

手口はニュース等で報道されているように、塩素ガスによる中毒死である。

妄想小説の最後に錯乱状態で書き殴るように打鍵した部分にもあるように、睡眠薬を服用してから塩素ガスを発生させた。

場所は仕事場兼住居のバスルームである。

バスルームの換気扇が故障していることは妄想小説にも書いてあり、事実である。換気されないのでドアを閉めると、気密性は極めて高くなる。冷泉はここに籠もって塩素ガスを発生させた。

読者の皆さんもご存じのように、市販の液体洗剤などには〝まぜるな危険〟の表記がある商品も多い。混ぜると高濃度の塩素ガスが発生し、吸ってしまうと肺水腫《はいすいしゅ》など重篤な呼吸器障害を起こし、最悪の場合は死に至る。混ぜてはいけないのは塩素系の洗剤と酸性の洗剤であることはよく知られているだろう。

塩素系の洗剤は台所用漂白剤やカビ用漂白剤に多く、酸性洗剤は浴槽用洗剤やキッチン、トイレ用洗剤に多い。

冷泉の乱れた打鍵にもあるように、

$$NaClO + 2HCl \rightarrow NaCl + H_2O + Cl_2$$

このCl_2部分が塩素ガスである。

塩素系の次亜塩素酸《じあえんそさん》ナトリウムと強酸性次亜塩素酸水を混合することでガスは発生する。冷泉がどのメーカーの洗剤を使ったのか、具体的にここに記すのは避ける。悪用する者がいないとも限らないからである。

とにかく冷泉は、二種の洗剤を大量にバスタブに混入し、塩素ガス中毒を起こした。中毒は苦しいらしい。激しい頭痛、吐き気、呼吸困難に陥《おちい》る。その苦痛を低減させるため、冷泉は睡眠薬を服用していたようだ。司法解剖の結果、薬物の反応があったことは、皆さんも報道等でご存じの通りである。薬で朦朧《もうろう》とした意識のまま〝まぜるな危険〟の洗剤をバスタブに流し込んだのだろう。

発見したのは筆者である。

二十六日の夕刻、いつものように冷泉宅を訪ねた。刑事の最後の来訪の翌日である。マンションの玄関の鍵がかかっていないので、不審に思いながら入室した。

冷泉が自死を決行したのは、普段筆者が訪れる時間の少し前だと思われる。筆者を発見者にするつもりだったのだろう。この日は火曜日なので、太平洋出版の渡来紗央莉さんも訪問する予定だった。それより早く来る筆者を発見者にしたのは、若い女性に死体発見役を押し付けることに抵抗があったからに違いない。だったら筆者ならばいいのか、と文句の一つも言いたくなる。

最後まで弟子に迷惑をかける師匠である。

筆者が部屋に入ったところ、誰もいないように見えた。いつものように冷泉はソファには座ってはいない。鍵をかけずに外出したとも思えず、そもそも出不精の冷泉が出かけることなどほとんどないのだ。不審に思って探した結果、バスルームにて遺体と対面することになった。

冷泉は浴室の洗い場の床に、両足を投げ出すような姿勢で座り込んでいた。上体をバスタブにもたれかからせる格好で、ぐったりと俯《うつむ》いていた。その足元に、おびただしい数の洗剤の大型プラボトルが転がっていた。一目で状況を察知した筆者は慌ててバスルームから離れると、そこのドアを開け放ち、部屋中の窓をすべて開放して回った。そしてマンションの廊下へと避難した。換気しないとこちらまでガスでやられる。

空気が入れ替わるのを待ちながら、救急車を呼んだ。

救急車はすぐに来てくれたが、救急隊員は時すでに遅かったと筆者に告げた。そして、警察に通報すると言う。明らかに不審死なので、警察に報告する義務があるとのことだった。

筆者は、警察を呼ぶのなら警視庁捜査一課の茂手木刑事か里見刑事に連絡を取ってほしい旨、隊員に要請した。事情の分からぬ所轄署の警察官に一から説明するよりも、両刑事に見てもらう方が話が早いと判断したのだ。

救急隊員が警察に連絡を入れる隙を盗んで、筆者は換気が終わった部屋に再び侵入した。そして冷泉の執筆用机の上のノートパソコンを開いた。遺書か何か書き残すとしたら、そこだと見当を付けたのである。師匠が最期に何か書き残しているのかどうか、好奇心に駆られたのだ。

連載中の『月光庵の殺人』のファイルがいくつか並んでいた。そして、一番上に『猫の耳に甘い唄を』というファイル名の文書を見つけた。小説のタイトルかと思ったが、聞いたことのない題名である。新作だろうかと首を傾げた。しかし、そのような新作に取りかかっているという話は、師匠から聞かされていない。

ファイルを開いてみると、意外にもかなりのボリュームのある文章だった。メモや覚え書きの類いではない。小説のように見えた。ざっとスクロールしてみると、どうやら今回の事件のことを書き記しているらしいと分かった。

筆者は救急隊員達の目を盗んで、それを手持ちのＵＳＢメモリにコピーした。警察には現場保存の鉄則を破った、とお叱りを受ける行為だろう。だが、師が事件について何をどう書き残しているのか、どうしても知りたかったのだ。お叱りは甘んじて受けるが、この判断は間違っていなかったと今でも信じている。

やがて刑事達も到着して、筆者は事情聴取を受けた。発見時の経緯は余すところなく伝えたが、ＵＳＢメモリの件は黙っていた。

その後、帰宅してから『猫の耳に甘い唄を』を改めて開き、ゆっくり読んでみた。驚くべきことに、小説のような形を取った文書だった。しかもラストには、まるで冷泉が犯人かのように書いてある。これにも驚いた。実に興味深い内容だと感じた。警察も、自死現場のパソコンから文書を発見し、同じように感じたことだろう。

この連続殺人事件の犯人が冷泉であるのは間違いない。

ファンレターにあったアドレスで八重樫結愛さんや羽入美鳥さんとコンタクトを取ったのも、無論冷泉自身である。そんなことができるのは本人しかいないだろう。メールだけならばともかく、面と向かって会った際に、作家の振りをするのは偽者には無理がある。相手は冷泉の愛読者なのだ。作品の細かい部分の話題になったら、偽者ではうまく対応できないだろう。必ずしどろもどろになってボロが出る。作者本人でないと、まともな受け答えができるはずもない。ファンである女性の歓心を買うためには、創作秘話の一つもしなくてはならないだろう。本人以外にはそんな話ができるわけがない。

従って、被害者女性に直接会ったのも冷泉本人に他ならないだろう。

何よりも、自死したことが決定的な証拠だ。犯人でなければ死んで逃亡する必要もない。

また、警察は冷泉の車の中も調べることだろう。死体の運搬に使った可能性が高いからだ。もしかしたら車中に、被害者の髪の毛の二、三本くらいは残されているかもしれない。冷泉が犯行後にどれほど丁寧に掃除をして、被害者の指紋などを消そうと試みても、女性の髪の毛は細くてほんの僅かな隙間にも滑り落ちてしまう。そんな頭髪が発見されれば、これも確実な物証となることだろう。

筆者は故人の遺志に反して、冷泉の残した文書をこうして本にすることにした。

自己満足のための願望充足小説を、冷泉は誰にも読ませるつもりはなかったことだろう。ただ、前述したように誤った情報が世間に流布され、出鱈目や揣摩憶測が蔓延することを考えると、真実をそのまま開示した方が故人のためになると判断した次第である。

こうして書籍化するに当たって、タイトルをどうしようかと筆者は迷った。

帯に派手な惹句《じゃっく》がつくのは予測できる。

何しろ、現役ミステリ作家が自分の著作中の殺人事件になぞらえて、現実にも見立て殺人を行った事件なのだ。世間の騒ぎも踏まえ、帯にはそのことを大きく謳《うた》うことだろう。さぞかし扇《せん》情《じょう》的な文字が躍るに違いない。

だからせめてタイトルは大人しくしようと考えた。

『実録！　狂気の見立て殺人　～犯人の手記全文公開～』というふうな大袈裟なタイトルは敢えて避けた。

そこでファイル名にあった『猫の耳に甘い唄を』を採用しようと思い立った。

特に意味もない、カムフラージュのためにつけた適当な思い付きだとは思う。何かの暗示というわけでもなく、気まぐれに名付けたものだろうが、それでも故人の考案した題名だ。

故人を偲《しの》ぶ意味でも、この本には相応しいタイトルなのではないだろうか。

さて、筆者は最初に、冷泉の文書が〝重大な事実を隠匿している〟ことを示唆した。

これはもちろん、冷泉が真犯人であることを示す。

と同時に、さらにもう一つの意味を含ませた。これは事件の根幹に関わる事項であり、被害者の遺体を装飾した見立ての真意にも繋がる。

冷泉は文書の中で、意図的に重要なファクターを隠匿していた。それは彼が身長162cm体重160kgの特異な体型だった事実である。

冷泉はその事実を明記することを避けている。しかし文中のそこここに、それを暗示する箇所が散見できる。

ミステリ作家は地の文で嘘を書くことができない。

小説を書く上でのその癖が染みついているせいか、律儀なことに冷泉はいくつか痕跡を残してしまっている。

それを列挙してみることにする。これは特異体型の者の特徴を挙げるのにも似ている。

・覆面作家である

冷泉は出不精で人前に出るのを嫌っていた。人と交流しないし写真も公表しない。これは特異体型にコンプレックスがあったからだと思われる。すべての覆面作家が特異な外観をしているわけではないが、冷泉の場合はそれが原因で人目に晒《さら》されるのを極度に嫌がっていた。自らの外見に自信がなかった顕れだろう。

・基本的に暑がりである

特異体型の者は自身の体に厚い肉襦袢《にくじゅばん》を着ているので、寒さに無頓着《むとんちゃく》だ。編集者の渡来さんや梶さんも「部屋が寒い」と言っているし、先輩作家の石動山多一郎氏も寒いと言ってエアコンを勝手に入れていた。刑事コンビの片割れである里見刑事も、最初の訪問時に話の途中でいきなりコートを羽織っているし、両刑事ともにその後の訪問ではコートを脱がず、ずっと着っ放しで通している。部屋が寒かったからだ。それに対して冷泉は、いつも寒さに言及せずに、けろっとしていた。これは暑がりな特異体型の者の特徴である。

・基本的に動くのが億劫《おっくう》
冷泉は大抵ソファに座って動かない。文書の中でも動いている描写が極端に少ないことから分かる通り、ほぼソファに座っている。編集の渡来さんにも仕事場へ立ち寄ってもらい、自身は外へ出向いたりはしない。よほど必要に迫られた場合でない限り、動かない。特異体型の者は体重のせいで膝に負担がかかるため、動きたがらないものなのである。
・すぐ近くの物を取るのも面倒くさい
これも特異体型の者ならではの特徴である。刑事達との面談の際、机の引き出しから怪文書を取り出すのに、筆者に合図して持って来させたりしている。動くのが苦手なので、手近な物を取りに立つのも面倒なのである。
・とりあえず立ち上がるのが面倒
文中に立ち上がる描写がほとんど出てこない。基本的にソファに座っている場面が多い。刑事や渡来さんが訪ねて来た時も、立ち上がって挨拶する描写がない。これは160kgの体重で立ち上がるのが面倒だからである。先輩の石動山多一郎氏にコーヒーのお代わりを頼まれても、セルフサービスでやるように冷泉は告げている。膝に負担がかかるので、自身が立ち上がるのが嫌だからだ。
・服装に気を遣わない
基本的に黒っぽい服を着がちなのも特異体型の者の特徴である。160kgだと合うサイズの服が極端に少なくなるので、選択肢が減るせいでもある。従ってどうしてもファッションに無頓着になり、お洒落に気を回さなくなる。石動山先生が指摘したように、黒ばかり着るようになる。黒や濃紺のジャージなどを好み、夏場はこれが黒Tシャツに短パンになる。黒や濃紺を好むのは、汗染みが目立たないからという一面もある。白やベージュは汗染みができるので着ない。オールシーズンほぼ黒一色で通す。

・屈めない

膝に負担がかかるので屈むのが苦手である。八重樫結愛さんのファンレターを提出する際に、刑事の目の前でファンレターを落としてしまったことがある。その時も自分では拾わずに、冷泉は茂手木刑事が拾ってくれるのを待っていた。これは咄嗟に屈むことができなかったためである。文書の中では何か考え事に気を取られていたかのように書いて誤魔化してはいるが、何のことはない。実際は急に屈むことができなかっただけである。

・足の爪を切れない

渡来さんとの打ち合わせ中、冷泉の靴下の先端が破れているのを発見されていた。本人は靴下の先端は破れやすいと主張し、筆者に爪を切ってほしいと冗談半分で言っていた。これは豊満な腹部が邪魔で、手が足先にまで届かないから、足の爪を自分では切れないためだ。足の爪は放置されることが多く、伸びた爪に引っかかって靴下の先端部が破れるのである。

・立った状態で下を見ても爪先が見えない

ホテルで筆者と最初の顔合わせをした際、筆者は冷泉の靴に付着した泥汚れを指摘した。その時冷泉は、右足を大きく一歩踏み出して靴の爪先を確認していた。普通ならば、立ったままで下を見れば爪先は視認できる。しかし特異体型だと膨満《ぼうまん》状態の腹部が視界の妨げになるため、下を見ただけでは爪先は見ることができない。それで冷泉はわざわざ足を一歩前に踏み出すという、余計な動作を取ったのである。

・階段などを駆け上がれない

謎の人物に夜間の尾行をされた時、冷泉はその影を追ったと書いている。このエピソードは無論作り話であるが、恐らく〝さがみ屋〟の看板娘、立川響子さんを見かけて後を追った時のことがモデルになっているのではないかと筆者は考えている。彼女を見つけて挨拶するために、冷泉は追いつこうとしたのだろう。ただし作り話にしても、文中で尾行者を追いかける緊迫した場面にもかかわらず、急いで階段を駆け上がった描写が一切ない。特異体型の者は自重が重くて呼吸器にも負担がかかるので、激しい運動ができないのだ。すぐに息が上がり、汗をかく。それでフィクションの追跡シーンにも階段を駆け上がる場面が描かれていないのだ。立川響子さんを追った時、実際に駆け上がらなかったから、その場面を描写できなかったのである。それでも精一杯急いで階段を上がれば、呼吸が乱れて汗をかく。特異体型の者はちょっと動いただけで大汗をかくのだ。立川響子さんも、息を荒くして汗みどろで近寄って来る160kgの中年男に声をかけられたら、普段の愛想のいい態度を忘れるのも無理からぬことだったであろう。

以上のように、冷泉の文中には彼が160kgの特異体型だと示す描写が散見される。

現実をベースにしている文章なので当人も無意識に書いてしまったのと、先に述べたようにミステリ作家特有の律儀さが顕れてしまった結果なのだろう。

ちなみに、八重樫結愛さんと羽入美鳥さんを殺害した凶器が現場からは発見されていないが、これは冷泉のズボンの紐だったのではないかと、筆者は推定している。

特異体型の人は、その巨大な腹部をベルトでは抑えきれない。合うサイズのベルトが手に入りにくいという事情もあるし、球体状の腹部にぐるりとベルトを回しても、ズボンを留めておけないという欠点もある。そこで特異体型の者は紐を愛用する。紐ならば膨らんだ腹部をぎゅっと思い切り締め付けることで、ズボンがずり落ちるのを防ぐことが可能だからだ。

凶器は直径一センチほどの紐状の物と推定される、と監察医も所見を述べている。ズボンの紐はこの条件にぴったり当て嵌《は》まる。すぐ手近にあるので、咄嗟の殺人の際にも使い勝手がよかったのではないだろうか。


それはともかく、この特異体型があの見立てにも大きく関係してくる。

八重樫結愛さんは、水道の水を口に注ぎ込む形を取らされていた。

羽入美鳥さんは、ニットの上着の背中一面を焼かれていた。

ご遺体に施したこの装飾も、特異体型に関連していると筆者は考える。

特異体型者は汗をかきやすい。とにかく大汗をかく。ちょっと動いただけで汗みずくになる。

歩道橋で立川響子さんに声をかけた時もそうだったように、ひたすら汗をかく。

そんな特異体型者が、無我夢中で人を絞め殺している最中ともなれば、その発汗量はさぞかし凄まじいものになったのは想像に難くない。

そこで思い出していただきたいのは、八重樫結愛さんが絞殺された際の犯人の姿勢である。刑事の話によると、犯人は上から馬乗りにのしかかるようにして絞めた、ということだ。殺害時、冷泉は被害者に覆い被さる体勢を取っていたのである。

するとどうなるか。顔面から大量に吹き出した汗が、被害者の顔に滴《したた》り落ちる場面が容易に想像できることだろう。被害者の顔には、滝のような汗が降りかかったのだ。

犯行後、激情から醒めて我に返った冷泉は、これをどうにかしなくてはと思ったことだろう。もちろん汗そのものにはＤＮＡをはじめ、個人特定に繋がる情報は含まれてはいない。誰の汗だろうとその成分は、ただ塩分の入った水である。

ただ、微細な皮膚片や老廃物などが汗に混入するのはよくあることだ。顔から剝離《はくり》した皮膚片が、汗に混じって被害者の顔面に滴った可能性は極めて高い。実際、そうして汗に含まれた皮膚片が決め手となって、犯人逮捕に至った事件も少なくないと聞く。

冷泉はそれを恐れた。

皮膚片が検出されずとも、被害者の顔面に大量の汗が滴った痕跡が発見されたら、犯人が特異体型の者だと推定されてしまう危険もある。

滴り落ちた汗を何とかしないといけない。そう焦ったことだろう。

最適なのは洗い流すことである。拭き取るよりも水で洗う方が、より確実なのは言うまでもない。勢いよく水流を浴びせかければ、皮膚片はおろか汗の痕跡も洗い流せる。

そこで冷泉は公園まで遺体を運び、水道を使って被害者の顔を丁寧に洗った。その後で口に流し込む形にしたのはあくまでもカムフラージュである。顔を直接水で流したまま放置すると、本来の意図が読まれてしまう危険がある。そこから自分の体型が露見する恐れもある。だから本来の目的を誤魔化すために、口に水を注ぎ入れるという偽装を施したのだ。水流が強くて顔も上半身もずぶ濡れだったと刑事の説明にもあったが、顔を最初に洗い流した痕跡が残ったまま乾いてしまったらいけないので、勢いよく水を出しっ放しにして口以外も濡れ続けるようにしたのだろう。

この偽装を利用して、冷泉は怪文書を書いた。『天空の海』になぞらえているかのように見せかければ、本当の目的をさらにぼかすことができる。

羽入美鳥さんの背中が焼かれていたのも、やはり特異体型がその理由であろう。

殺害時の姿勢を思い返していただきたい。

刑事の説明によると、被害者と加害者は両者ともに立ったまま、後ろから絞殺しているという話だった。索条痕が水平なのでそれが判明したと言っていた。

標準体型の人物が犯人だったとしたら、真後ろから絞め殺しても被害者と体が密着することは、ほぼない。絞める腕が両者の体の間に入る分、それだけ体は離れることになる。

ところが160kgの特異体型者が犯人の場合、その限りではない。大きく突き出した豊満な腹部が当然、被害者の背中の広範囲に亙って擦り付けられるのである。

これによって被害者の背中部分には、犯人の腹部の衣類の繊維が、満遍なくなすり付けられることになる。特に被害者が着用していたニットの上着だと、その布地の奥まで繊維片が入り込んでしまう。これは簡単には取り除くことはできない。

そのまま放置すれば、鑑識によって繊維片が発見され、犯人の衣類が特定されてしまう。服装に無頓着な冷泉は、いつも同じような黒のトレーナーを着ている。照合されれば一発で、服装の特徴が露見してしまう。冷泉が犯人である物証になりかねない。

これは被害者の背中をどうにかしなくてはならない。

しかし叩《はた》いたり水で流したくらいでは、ニットの奥まで絡んだ繊維片を除去しきれない。いっそのこと上着ごと持ち去ってしまってもいいが、それだと上着に何か隠したかった物が残ったのだと推定されて、特異体型のことを連想させてしまう危険性がある。衣類をすべて脱がせて持ち去ることも考えただろうが、１６０kgの体重の持ち主には屈んだ姿勢での作業は重労働になるだろう。

こうなると後は燃やすしかない。

そこで冷泉は、被害者の背中一面を満遍なく焼くことにした。

死体を遺棄するのに適した公園を探すのに車で移動する途中、小さな煙草屋でも見つけてライター用のオイルを購入したのだろう。小さな個人経営の煙草屋ならば、監視カメラなどは設置していないはずであるから、後で身元が露見する心配もない。

こうして被害者の背中は焼かれることになった。

そしてこれも真意を読ませないようにするため『双面の虜囚』になぞらえたとして誤魔化す。怪文書の内容を必要以上に異様なものにしたのは、こうした本当の意図を隠すためかと思われる。死体を装飾したのは、直接的証拠を隠滅するという極めて現実的な理由があったからである。だが冷泉はそれを隠し、著作の内容に見立てて、できるだけ非現実感を演出したかったのだろう。そうやって本来の目的を隠匿し、事件が奇妙な思想の下に起きたと錯覚させるのだ。

そのためには怪文書はなるべく異常で突飛《とっぴ》な、常識外れなものにした方がいい。捻《ねじ》れた頭脳の犯人が奇矯な思考で犯行に及んだ。そう見せかけるのに、遺体を使って見立てを行ったことにしたわけである。崇拝する作家の著作の一場面を再現して見せるという演出は、奇天烈な脳髄の持ち主を想起させるのに充分な手立てだろう。異常な成り済まし犯が奇妙な思想から女性を殺して回っている。そう印象付けるには、見立てはちょうどいい韜晦《とうかい》になるに違いない。冷泉はそう考えたのだろう。

以上が事件の真相のすべてである。

犯人の冷泉が自死することで事件は終結した。恐らく被疑者死亡のまま書類送検されて、不起訴処分扱いになるのだろう。

世間の騒ぎもやがては沈静化する。

筆者としては事件を埋もれさせたくないという思いもあり、本書の出版を決意した。

師と仰いだ人物には、きちんと罪を償ってほしかった。

彼の罪を風化させないためにも、本書には真実のすべてを記すことにした。タイトルを故人の考えたものにしたのも、本人の罪を記録しておくためだ。

願わくば師匠には、あの世とやらで自らの罪の重さに想いを巡らせてもらいたい。三人もの無《む》辜《こ》の女性を殺めた罪の重大さに。

身勝手な動機で人の命を奪った蛮行は、決して許されるものではない。

ただ、そんな罪にまみれた人物でも筆者個人としては、その魂の安らかならんことを願う。彼も根っからの悪人ではなく、愚かで弱い人間の一人にすぎなかったのだから。

最後に、本書の執筆に当たってお世話になった太平洋出版編集部の渡来紗央莉さんに感謝の意を表する。

内容が内容だけに緊急出版となり、慌ただしいスケジュールの舵取りをしてくれたのも本当に助かりました。

ありがとうございました。

師走《しわす》の始めに
久高亨

「ああ、やっと起きたようだね、よく眠っていたよ。おっと、身動きが取れないね。縛っているのはごめん。きみが暴れたりしたら厄介だから、ちょっと拘束させてもらったんだ。ソファに座らせといたからどこも痛くはないだろう。

きみが突然眠ったのはコーヒーに睡眠薬が入っていたからだね。薬を入れたのはきみだよね。おや、黙《だ》んまりかい。黙秘権の行使ってやつかな。

いいさ、きみが喋る気がないんだったら、私は勝手に喋るから。

それにしても、よく効く薬だね。きみ、一口飲んだらスイッチが切れるみたいに意識を失ったよ。普通の薬じゃないんだろう。ひょっとしたらバイト先のスマートボールのオーナーさんが、歌舞伎町のダークサイドに棲《す》む悪いお友達から手に入れたのを回してもらったのかな。それこそ合法的じゃない薬を。

即効性はあるけど、持続性はあんまりないみたいだね。でも眠りは深かったよ。縛っても動かしても全然目が覚めなかったから。あれから四時間になる。もう夜の九時過ぎだ。刑事さんには今しがた電話したよ。こんな時間でも働いているんだね。警察の人も大変だ。間もなく駆けつけて来ることだろう。

コーヒーはね、カップをこっそり入れ替えたんだ。きみのと私のとね。ほら、うちのカップ、Dコーヒーの粗品で全部同じだろう。誰がどのカップを使うかなんて決めていないし、見た目はどれも同じだからね。きみの目を盗んで私のと交換したんだ、そっとね。

きみはコーヒーに薬を入れて、私を眠らせようとしたんだね。どうしてカップを入れ替えたか、それはもう判るだろう。うっすらと疑っていたんだ、きみのことを。実をいうと、最近はずっとカップの入れ替えをやっていたんだよ。きみの淹れてくれたコーヒーを素直に飲んだら、何が混入しているか判らないから。だからこっそり入れ替えてたんだ。どうしてきみを疑っていたのかは、これから追い追い話そうか。

あ、そうそう、きみのポケットからUSBメモリのスティックを見つけたよ。おや、その反応だと見つけちゃいけないものだったみたいだね。でも、もう遅い。中身も見ちゃった。ごめんね。きみのパソコンと私のは、同じメーカーの文書作成ソフトを使っているから互換性があるからね。私の執筆用パソコンで文書ファイルを開けたよ。二つの文書が入っていた。じっくり読ませてもらったよ、きみが眠っている間に。警察への通報が遅くなったのは、つい夢中になってあれを読んでいたからなんだ。

それにしても驚いた。きみがあんなものを書いていたとは。もうびっくりだったよ。私にとっては驚天動地の内容だった。どっちの文書もきみが自宅でこつこつと書いていたんだね。こんがらがるから前のほうを仮に文書Ⓐと呼ぼうか。『猫の耳に甘い唄を』というファイル名がつけられたほうだ。こっちは三人称小説の体裁で、私を主人公にした小説ふうの文章だった。私の視点で今回の一連の事件の体験を綴ったものだ。文体も私のに似せていたね。なかなかうまいものだったよ。しかし、売れないだの四流だの底辺だのと、散々好き勝手に書いてくれたね。まあ、否定できないのが辛いところだけどさ、自分で云うんならともかく、弟子に云われるとさすがにヘコむよ、私も。

もう一つは、文書Ⓐを解読するみたいな文章だった。本にして出版することを前提で、きみの視点で書いたものだね。きみは自分を筆者と称しているけど、ちょっとスカしすぎじゃないかい、あれは。いや、どうでもいいけどさ。とにかくこちらは文書Ⓑと呼ぼうか。きみの名探偵気取りがちょっと鼻について、何だか嫌味な文章だったな。

この文書Ⓐと文書Ⓑが何かというと、これはつまりどちらも犯人の書いた文書だね。そして重大な事実を意図的に隠匿しながら書かれている。

そう、もちろん犯人がきみ、久高くんだという事実だ。それを隠して書いてあるね。

文書Ⓐを読んだ時、最初私には何がなんだか意味が判らなかった。私、つまり冷泉彰成の視点で書いてあるけど、もちろん私はこんなものを書いた覚えはない。何だろう、この小説ふうのおかしな文章は、って思わず首を捻ってしまったよ。でも続けて文書Ⓑを読んで、やっときみの意図が判った。要するに、私を犯人に仕立て上げようという狙いだったんだね。

読み終わってからピンと来たんで、外の廊下を見てみたよ。ドアの脇に見慣れない大きなスポーツバッグが二つ、置いてあった。悪いけどバッグの中を確かめさせてもらったよ。片方には、塩素系のキッチン用洗剤の大型ボトルが四本。もう一方のバッグには、酸性の浴槽用洗剤のボトルが四本、詰め込んであった。どちらもパッケージに大きな文字で〝まぜるな危険〟の表示があったよ。ぞっとしたね。つまり文書Ⓑにあるように、私を塩素ガスで殺すつもりだったわけだ、きみは。恐ろしい弟子だね、まったく。師匠を自殺に見せかけて殺そうと企むなんて、とんでもない男だよ、きみは。

何も反論はないのかな。まだ口を割る気がないみたいだね。黙ってやり過ごすつもりかい。それとも観念したのかな。きみが何も云わないいんなら私が続けよう。今回のきみの計画がこうだったんじゃないかって話だ。

まずきみは睡眠薬入りのコーヒーで私を眠らせる。私を浴室に運んで、バスタブに両方の洗剤を混ぜ入れてガスで私を殺す。文書Ⓑに書いてあるように、自殺に見える形にしてね。それからこっちの部屋に戻って、私の執筆用パソコンに文書Ⓐだけを移植する。一年半以上もここに通っていたら、私のパソコンのパスワードを盗み見る機会はいくらでもあっただろうからね。文書を移動させるのは簡単なことだ。さっきも云ったように同じメーカーの同じソフトだから、文書の読み込みにも支障はない。私のパソコンに保存してある文章だから、まるで私が書いたものみたいに見える。文書Ⓐの最後の部分は、私が錯乱してキーボードを乱雑に打ったように見えるから、誰が読んでも私が犯人みたいに思える仕様になっている。

こうしておいて、きみは自殺死体の発見者を装って救急車を呼ぶわけだ。いつものように師匠の部屋を訪れたら彼が死んでいた、と主張するつもりだったんだね。発見者に扮《ふん》するのは、現場の浴室にきみの痕跡が残っているかもしれないからだ。ほんの髪の毛一本でも、私の死体の上にうっかり落としたりしていたら、せっかくの計画が水の泡だ。その点、発見者ならばちょっとくらい痕跡があってもおかしくはないからね。それに、文書Ⓐを私のパソコンに移す必要があるから、そのための時間もほしかった。だから発見者の役回りを他の人に、例えば渡来さんあたりに譲るわけにはいかなかったんだ。ここまでが今日の計画だね。

そして後日、私が犯人だとの警察発表があってから、きみは文書Ⓑを太平洋出版に売り込むつもりだったんだろう。渡来さんのところに持っていって。もちろんその時、文書Ⓐのほうも見せる。発見時のどさくさに紛れて私のパソコンからコピーを取った、と偽ってね。

文書Ⓑは売り込みに向けて、早手回しに書いておいたものなんだろう。あらかじめ書いておいたのは、私の授けた作家の心得を守ったからかな。作家の心得第何条だっけ、忘れちゃったけど、締め切りよりずっと早く原稿を書いておくべし、前もって書いておけば尚よし、だっけ？そんな内容だったよね。きみはその教えを忠実に守った。というより、もっと現実的な理由があって先回りして書いておいたんだろうけど。旬の話題に乗り遅れないように本にして出すなら、前もって書いておいたほうが色々と有利だからだ。警察の会見内容や報道によっては、文書Ⓑの細部を修正する必要があるだろうから。叩き台になる文章があったほうがフレキシブルに対応できる。それに、事件の騒ぎが収まった頃に書き終えても意味がないからね。世間の話題が盛り上がっている中で出版しないと、この手の本は価値がなくなる。作家の心得第何条、かは忘れたけど、旬の話題の事件を描いた本は世間の熱が冷めないうちに出せ、だったね。きみはこの教えも守ったわけだ。

太平洋出版の社長はこういうのが大好きだ。キワモノだろうとゲテモノだろうと、売れる本なら何でも売る。ある意味、商売人の鑑《かがみ》みたいな社長だからね。田淵利史行さんの赤馬騒動の時も、フェアまで立ち上げて『赤い駿馬』を売りまくったくらいだし。きっと今回の事件にも飛びついてきて、必ず出版してくれるに違いない、ときみは予測したんだろう。何せ今回の一件は

〝現役ミステリ作家が自著の内容に見立てて死体を装飾した連続殺人〟だ。派手で猟奇的で狂気に満ちている。話題性は満点だろう。週刊誌やワイドショー、ＳＮＳなんかが、躍り上がって喜びそうなネタだ。文書Ⓐと文書Ⓑを組み合わせて本にする、というきみの策略はきっと当たる。本も大いに売れるだろう。見立てにしたのも、事件をできるだけセンセーショナルにしたかったからだね。〝売れないミステリ作家が自著の内容に模して死体を装飾した〟という異常性を強調するためだ。そうすれば世間の耳目《じもく》を集めることができて、報道も過熱する。世間の噂が盛り上がれば盛り上がるほど、きみの本の宣伝になる。ついでに、私の著書を見立ての元ネタにすれば、私が怪しいという印象をより強めることができる。自分の著書を使ったということで、私が大きく事件に関与しているように見せかけるのに成功するわけだ。これが見立て殺人にした理由だね。なかなかうまいことを考えたものだけど、ただタイトルはいただけないな。意味不明だしセンスがない。私が考案したみたいになっているようだけど、これは勘弁してほしい。私はこんな納まりの悪いタイトルはつけないよ。

　さて、改めて云おうか。きみは私、冷泉彰成が犯人になるように画策した。そのために文書Ⓐ とⒷを用意した。きみの企みに都合のいいように書いてあるから、嘘がたくさん紛れ込んでいるね。刑事にファンレターと怪文書を提出した順番についても、ごちゃごちゃと理屈をつけて面倒な解釈をしていたけど、あの時の私の行動には元来意味なんてなかった。話の流れでたまたまそうなっただけだ。だのにきみは、さも私が犯人である根拠みたいにして理由付けをしていたね。よくもまああれだけ屁理屈《へりくつ》をデッチ上げたものだよ。むしろ感心するほどだ。理屈と膏薬《こうやく》はどこへでも付くっていうけど、きみもその通りに色々とこじつけてくれたね。徹夜明けに気まぐれでテレビのニュースを見ていたくらいのことまで、犯人だという根拠にされたんじゃたまったもんじゃない。まあ、そんな小さな嘘だけじゃなくて、もっと根本的な部分にも嘘がたくさん書いてあった。

　弁当屋の看板娘こと立川響子さんの件も、私が犯人だときみは決めつけているけど、あれも嘘八百だ。本当にやったのはきみだね。夜の歩道橋で声をかけて、結果的に転落死させてしまったのはきみなんだろう。あの一件は警察も今回の一連の事件とは結びつけて考えていないみたいだけど、文書Ⓐの中で細部にわたって記述されている。あれだけ詳細を書けるのは、その場にいた犯人でないとできないことだろう。完全にきみがやったと自白しているのも同然じゃないか。そもそも彼女の事故死を聞き込んで来てきみに教えたのは私だったはずだ。後で〝さがみ屋〟にさりげなく探りを入れて〝事故〟の状況をご主人から聞き出してきたのも私がやったことじゃないか。きみは私の報告を、他人事みたいな顔で聞いていただけだったよね。さすがに自分でやらかした転落殺人について、自分の口からは云い出せなかったんだろうけど、それが文書Ⓐの中では私ときみの役割があべこべになっていた。

　あべこべといえば、他の二人の殺人も、もちろんきみの仕業だよね。まるで私が犯人みたいに文書Ⓑの中では得々と解説していたけど、実際には全部きみがやったことだ。文書Ⓑでは犯人である私がやったことをきみが暴くみたいな体裁で書かれているけど、現実はこうしてきみが犯人だと私が糾弾している。私ときみの役割がすべてあべこべになっているね。

私の机の引き出しにあったファンレターを盗み見て、きみは八重樫結愛さんのアドレスを入手した。そして私に成りすまして連絡を取って、直接会った。私が覆面作家だから、本当の顔を知る人はごく一部に限られている。当然、八重樫結愛さんにも顔の判別はつかない。きみが成りすますのは簡単だったろう。一年半以上に亙って私の近くにいたきみならば、私の日常や執筆方法なんかの素顔を誰よりも知っている。作品の執筆秘話なんてエピソードも、きみはごく近くで見ていてよく知っているからね。私も、今回の作品はあれをヒントにしたよ、なんて日常の中できみに話して聞かせることもあったしね。そんなふうに私のことをよく知るきみにとって、作家冷泉彰成のフリをするのはそんなに難しくはなかったはずだ。年齢と筆歴がちょっと合わないけれど、そんなものは大した障害じゃない。デビューしたのが高校生の時だった、とか何とか云って誤魔化せばいい。デビュー当時高校生作家という特性が目立ったら、作品の真価が正しく評価してもらえないかもしれない。それを危惧して覆面作家で通すことにしたんだ。というふうな、ペンネーム誕生秘話っぽいストーリーを作ったりすればいいだけのことだ。

八重樫結愛さんに会った理由と殺害の動機は文書Ⓑにあった通りなんだろう。あの殺人の件《くだり》の冷泉の名前を全部きみに入れ替えるだけでいい。ここでもあべこべになっているね。あの時の心境はきみ自身のものだったから、ここは書きやすかったに違いない。ただ、どうしてせっかく会ったファンを殺してしまったのか、きみの殺害動機が私には判らなかったけど、文書Ⓑを読んですべて腑に落ちたよ。癒やしを求めて、それを拒絶されて激高した。そういう心理だったんだね。たまにこうして本当のことが混じっているのが、きみの文章の厄介なところだ。

それからきみは、犯行を隠匿したり怪文書を出したりと事後工作に奔走した。あの怪文書を投函したのも、もちろんきみだ。投稿歴十年の作家志望者なら、ああいう気色悪い文章を書くのもお手のものだったろう。届いた怪文書のコピーを取っておいたのも、たまたまでも偶然でもない。現物は警察に押収されるのは予測できたから、後で本にすることを考えてコピーしておいたんだ。ちゃんと計算ずくで行動していたんだよ、きみは。

そうやって計算して、どうにかして自分の犯行がバレないようにと、きみは工夫を凝らした。自首する気はさらさらなかったみたいだね。きみには真っ当に罪を償うという発想がまったくなかったんだ。捕まりたくない一心で、色々な細工をしたわけだ。良心が痛まなかったのかい。その辺の心境は、私にはちょっと判らないな。

さて、次にきみは、羽入美鳥さんにも連絡を取り始めた。私の机から再びファンレターを盗み見て、アドレスを知った。理由は文書Ⓑにあった通りなんだろう。どれだけ繊細で癒やされたいんだい、きみは。女性に安らぎと母性を求めるなんて、おっさんの私から見てもちょっと気持ち悪いよ。それはともかく、後のきみの行動は文書Ⓑに書いてある。例によって、ここでも私の名前をきみに入れ替えれば真実が浮かび上がってくる。きみは羽入美鳥さんに云い寄って、見事にフラれた。私ではなく、きみがね。そして頭に血が上った挙げ句、羽入美鳥さんを絞殺した。死体の移動には車を使ったんだろうけど、きみは車を持っていないよね。レンタカーを借りたのか、それともスマートボールのバイト先から例の怪しい人脈で借りてきたのか。おおよそそんなところだろう。

そうそう、車といえば、被害者二人の頭髪を二、三本ひっこ抜いてきて、私の愛車のシートの隙間か、それともトランクにでも落とし込んでおいたのもこの頃かな。後で私が犯人である物証になるように、警察に発見させるため、そんな偽装もしたんだね。車のキーはそこの机の引き出しに入っている。手近な物を何でも引き出しに突っ込んでしまう私の癖をきみは知っているだろうから、キーを捜し出す手間はかからなかったはずだ。

私ときみの役割があべこべに書いてあるように、文書Ⓐ Ⓑともに他にも嘘がたくさん書いてある。嘘で塗り固められているといってもいい。例えばきみのアリバイ。あれも嘘だよね。八重樫結愛さんの事件の夜、私が出した宿題をやっていてきみにはアリバイがあることになっている。ひどい欺瞞《ぎまん》だよ、これは。ミステリ談議をしていて私が宿題を出したエピソード。確かにそんなことが実際にあったのは私も覚えているけれど、でもあれは、事件の前の週にあった出来事だったはずだよ。十月末のことだ。前週にあったエピソードを事件の夜にスライドさせて、きみはアリバイを確保しようとしたわけだ。実際の犯行の夜、きみにアリバイなんてあるはずもないのに。

文書Ⓐできみと私は、事件についてしきりにディスカッションしているふうに書いてあるけど、これも全部嘘だね。刑事が帰った後で喋ったのは、ほとんど私一人だったじゃないか。私が一人で意見を述べても、きみは気のない相槌を打つばかりだったよね。そりゃ自分の犯行をあれこれ分析されるのはイヤだったろうさ。事件の話題に気が乗らないのも判るよ。だからってあんなに黙りこくっていたら、私が変に思わないわけがないじゃないか。普段なら好奇心旺盛なきみが、身近で起きた殺人事件には妙に消極的なんだから、おかしいと思うよ。だからこそ私はあの頃からきみを疑い始めていたんだ。

それから、私が甲州街道沿いで謎の人影に尾行された話ね。あれもまるっきり出鱈目だよね。犯人の私が悪足掻き《わるあが》で怪しい人物を創作したみたいに文書Ⓑできみは書いてるが、これは私が怪しいと思わせるためのデッチ上げだ。私がきみに打ち明けたことになっているけれど、もちろんそれも嘘っ八だね。私がきみ以外の人にこの尾行の件を喋っていないのは不自然だ、ときみは文書Ⓑの中で主張しているけど、不自然も何も、私が体験していないきみの創作エピソードなんだから、誰かに話すわけがないだろう。

あとついでに云えば、渡来さんの会社にかかってきた奇妙な呼び出し電話。電話したのはもちろんきみだね。あの一件を、犯人が渡来さんの顔を知ろうとしたんじゃないかと考えついたのも、きみではなくて私だったよね。例によって私一人が喋ってきみが曖昧な相槌を打っている時に、私が披露した推測じゃないか。きみは文書Ⓑで名探偵よろしく事件の解説をするから、探偵キャラを印象付けるために、あの発言をきみがしたことにしたかったんだろうけど、私が話したことをきみが語ったみたいにあべこべにするのは感心しないな。

もうひとつついでに云えば、二通目の怪文書を警察に届けようと提案したのも私のほうで、きみは何やかやと理由をこじつけてそれを阻止しようとしていたじゃないか。文書Ⓐでのそれに関してのやり取り。これも二人の役割があべこべになっていた。

尾行だのディスカッションだの、これら私にまつわる会話やエピソードは、いくら捏造《ねつぞう》しても構わなかったんだろうね。きみと私の役割をあべこべにしても、ちっとも問題じゃなかった。何せ、ほら、きみの計画では、私は塩素ガスで自殺する段取りになっていたから。後で警察の事情聴取に答えるのは、生き残ったきみだけだ。警察に話をする時にきみは、文書Ⓐの内容通りに師匠と事件について語り合いました、と証言すればいい。本当は私一人が喋っていて、きみはもぞもぞと居心地悪そうにしていただけなのに、それを正直に申告する必要はない。ええ、師匠と熱心にディスカッションしました、としれっと嘘をつけばいいんだ。師匠の遺した文書にある通りのディスカッションを二人でしました、とね。死人に口なしで、私には反論できないわけだから。

それと同じ理屈で、私が他の人と喋った部分については、きみは文書Ⓐで概《おお》ね本当のことを書いている。文書Ⓑにもあるように、私の死後、警察が各人に証言を取った時に齟齬が出ないようにね。だから現実に沿った内容を書いている。編集の渡来さんも文庫担当の梶くんも、文書Ⓐにあった通りの会話をしたと証言することだろう。きみもその場にいて聞いていたから、再現して書くのは難しいことじゃない。刑事二人組も、記憶通りの内容だと納得しながら文書Ⓐを読むことだろうね。何しろ実際にあったことをそのまま書いてあるんだから。先輩の石動山さんの時は、きみはここにはいなかったけれど、どうせドアの外で聞き耳を立てていたんだろう。ドア板に耳をくっつけるようにして。このマンションはドアだけが安物の薄っぺらで音が洩れるのは、ここに出入りする人には周知の事実だし。

こうして、文書Ⓐは冷泉の書いた妄想小説だけどかなりの部分が現実をベースにしている、という印象を強めることができる仕組みだ。ただ一点、冷泉が犯人だという部分だけは隠しているが、割と本当のことも書いてある、と見せかけるのに成功している。実際、文書Ⓐの私の心の内面描写はなかなかうまく書けているよ。意味も判らず事件に巻き込まれて困惑している心理は、実際の私の気持ちそのままだ。本当に訳が判らず混乱していたんだよ、私は。文書Ⓐに書いてあるようにね。そこだけはよく書けていると誉めておこう。何だ、反応が薄いね。師匠からの最後の評価だ。もっと喜んでくれてもいいんじゃないのかい。

ああ、話はちょっと逸れるけど、警察はかなり早い段階で私を疑っていただろう、と文書Ⓑに書いてあるね。これ、正確に云えば、私と私の周囲の者だよ。ミステリの専門家に意見を聞くという いい加減な口実で、刑事が私により切り込んだ質問をしてきて反応を窺っていた、という点は私も同意見だ。ただそれは、私だけではないはずだよ。私の周囲の人間の様子も探っていたんだ。怪文書を送ってきたことといい、被害者女性とコンタクトを取ったことといい、私について詳しい人物が犯行に関わっているのは間違いない。だから警察は、私だけではなく私の周りのすべての人間を疑わしいと思っていたはずだ。それで周囲の人の指紋も集めていたんだろうしね。きみもきっちり採られていただろう、指紋。死体発見現場や被害者の自宅マンションに、採取したうちの誰かの指紋が残っていたら儲けものだと思っていたんだろうな、きっと。もっとも、私の周りにはそれほど人なんかいやしない。元より人付き合いをしないからね。普通の人に較べたら、極端に少なかったことだろう。警察もマークする人数が少なくて、助かったんじゃないかな。一番身近にいたきみなんて、かなり容疑が濃厚だったはずだよ。私を陥れようとしていても、きみもしっかり疑われていたんだ。

ところでまた話が少し逸れるけど、文書Ⓐにちょくちょく登場する〝半纏おじさん〟だけど、事件とはまったく関係ないよね。このマンションをしょっちゅう眺めてるだけの、ただのご近所の変わり者のおじさんだ。きみはどうしてそんな無関係な人物まで文書の中に出したのかな。確かにちょっと目立つけど、わざわざ律儀に書く必要もないだろう。それから例のチラシの裏に書かれていたという奇妙な文書、あれは一体何のつもりだったんだ。私を近隣トラブルを起こす非常識な人物として描写したかったのかもしれないけど、だとしたらあまり効果はなかったね。そもそもあの文書に関しては全面的にきみの創作だよね。郵便受けにあんなチラシが入っているのを発見した覚えは私にはないよ。だからもちろん保存しているはずもない。警察もあんな瑣末《さまつ》なことなんて気にしないだろうけど、もし文書Ⓐの整合性を確かめるために捜したりしたら、きみはどう云い繕うつもりだったのかな。自殺の前日にでも私が破棄しているのを目撃した、とか何とか証言する気だったのか。まあ、そんな細かいことは今さらどうでもいいけど。

さて、話を戻そうか。きみは私を塩素ガスで中毒死させるのと同時に、文書Ⓐを私のパソコンに残そうと企てていた。この作戦はなかなか効果的だ。私のパソコンから、警察が文書Ⓐを発見すると、きみは三つのメリットを得られる。

まずはメリット、その①。

犯人役を私に押し付けることができる。

文書Ⓐで犯人である私、冷泉彰成は錯乱した挙げ句、逮捕を恐れて自殺を図る。これによってきみは、すべての罪を私になすり付けて事件を終結させることができる。このメリットは大きいね。私が犯人だと確定すれば、きみはもう安泰だ。捕まる心配にびくびくすることもなくなる。晴れて堂々と自由の身になれるというわけだ。

そして、メリットその②。

きみはアリバイを確保することができる。

メリット①で犯人役を私に押し付けた上に、絶対に疑われないポジションに立つことができるわけだ。文書Ⓐは渡来さんや刑事コンビの証言で、会話部分については概ね内容が真実であると立証されるだろう。その中で、きみのアリバイが確立していると私が記しているんだ。例の宿題の件で、きみには犯行に出かけている時間などまったくないと明記されている。犯人の私の立場からすれば、他人のアリバイなどできるだけ認めたくないのが道理だ。容疑者候補は一人でも多いほうが、犯人にとってはありがたい。しかし文書Ⓐの中で、犯人の冷泉がきみのアリバイだけははっきりと認めている。冷泉は死んでしまったけれど、文書はどうやら真実をベースに書いてあるらしい。だからきみのアリバイも真実味が強い。そう警察に印象付けることができるわけだ。メリットその①で犯人役を私に押し付け、その②でアリバイまで確保できる。きみは確実に安全圏に逃げられるという仕組みだ。

そしてメリットその③。

きみは『猫の耳に甘い唄を』でデビューできる。苦節十年にも及ぶ投稿生活でもまったく芽が出ず、きみは焦っていたようだね。私の担当の渡来さんに原稿を見てもらう、という裏技に縋《すが》るほどに。早く作家になりたい、プロとして世に出たい。日々そう願っていたことだろう。そんな切なる願いを持っている中できみは、今回の一連の事件を起こしてしまった。大いに動揺したろうが、きみは転んでもタダでは起きなかった。この事件を利用してデビューへの道を拓くことを画策したんだ。自分で創作した文書Ⓐを私のパソコンに残すことで犯人の手記をデッチ上げ、そこに解決編ともいえる文書Ⓑを補足して、事件の全貌を暴《あば》いた記録を作り上げる。連続殺人犯の手による文章はスキャンダラスだ。犯人本人の書いた手記ならば、読んでみたいと思う人も大勢いることだろう。世間の人はそういう野次馬的好奇心が強いからね。その上〝売れないミステリ作家が自著の内容を模して死体に見立てを施した〟というショッキングなおまけもある。ニュースバリューとしては充分だ。世の注目を浴びるに違いない。太平洋出版の社長がそういうのを大いに好むというのは、さっきも云った通りだ。必ず出版してもらえるだろう。そして本もきっと売れる。

怪文書の内容をあんなふうに異様で仰々《ぎょうぎょう》しくしたのも、話題作りが目的だ。文章が奇妙奇天烈で狂気的であればあるほど、読者の興味をかき立てるという計算だね。こうしてきみは話題の一冊を引っさげて華々しいデビューを飾ることができる。ベストセラーにでもなれば一躍知名度もアップだ。出版業界内で名が上がれば、小説の持ち込みもやりやすくなるだろう。

ベストセラー本の作者ともなれば、あちこちの出版社の編集者も興味を持って会ってくれる。五社、十社と売り込みをかけて、今まで書き溜めていたストックの作品を渡せば、各社から一気に十冊の本を出版してもらうことも夢じゃないだろう。新人作家としては異例のデビューの形になって、きっと大いに話題になるだろうね。こうしてきみは晴れて注目作家の仲間入りを果たして、めでたしめでたしだ。これは大きなメリットだろう。デビューを渇望して悶々《もんもん》としていたきみには、私を殺してでもやってみる価値のある計画だね。女性連続殺人は突発的な犯行だったけど、きみはそれを起死回生の策としてうまく活用する手を編み出したわけだ。

　さあ、どうだい。メリットはこの三つだ。正に一石三鳥のお得な計画だね。急拵えで練ったにしては、なかなかよくできた筋書きだと思うよ。ミステリ作家として合格だ。大した弟子に育ってくれたものだね。私も感涙にむせんでしまうよ。と、これはもちろん皮肉だって判るよね。きみの勝手な計略で殺されたんじゃ、私だってたまったものじゃない。いくら保身のためとはいえ、一年半以上も師事していた相手にすべての罪をなすりつけるなんて、きみの非情さには戦慄《せんりつ》を通り越して感心するほどだ。

　そうそう、大した弟子といえば、計画だけではなくてきみの体格も大したものだよね。確かに私は１６２㎝体重１６０㎏で、きみの言葉を借りるんなら特異体型だ。けど、それをいうならきみだって似たようなものじゃないか。きみは身長１５８㎝体重１８０㎏、私と同じ特異体型だ。私がきみへの疑いを決定的だと感じたのもそれが理由だよ。取っかかりは、二人の女性殺害時の水と火の偽装だ。どうして犯人はあんなことをしたのかと考えて、私も気がついた。大量の発汗と擦り付けられる腹部。犯人が特異体型だから、あんな偽装が必要だったんじゃないかと、見当をつけた。自分が同じような体型だからこそ思い付いたんだけどね。そんな偽装が必要になる体型の持ち主は、私の周囲にはきみしかいない。どう考えてもきみが疑わしい。だからここ数日、きみの淹れるコーヒーには警戒していたんだよ。カップをこっそり入れ替えていたんだけど、とうとう今日それが当たりだったわけだ。

細かいことを云うようだけど、絞殺の凶器にズボンの紐を使ったという話ね。あれ、犯行時にはズボンが半分ズリ落ちてなかなか滑稽《こっけい》な格好になったと思うんだけど、文書Ⓑでそこには敢えて触れなかったよね。あれはその時の自分の姿を思い出して情けなくなったからかな。まあ、こんなことは些細な話だけど。

思うに、歩道橋から転落死した立川響子さんの一件ね。きみはその現場を通りすがりの人に目撃されていないか、それを恐れたんじゃないかな。あれは突発的な事件だった。故意に突き落としたのか、きみが腕を摑むか何かして振りほどこうとした彼女が勢い余って落ちていったのか、そこまでは私も知らない。ただ、計画的な事件じゃないことは確かだろうね。歩道橋できみと立川響子さんが出会ったのは偶然だろうから。だから周囲に人がいるかどうか、確かめている余裕なんてきみにはなかったことだろう。万一誰かに見られていたら、きみのその180㎏の体型だ。一発で犯人がバレてしまう。そこで目撃者が見つかる前に、きみは手を打つことにした。体型が似ている私に罪をなすりつける計画だ。たまたま八重樫結愛さんを殺してしまった直後で、きみは急遽《きゆうきよ》計画を立てたんだろう。私を犯人に仕立て上げる計画を。

目撃者が現れて「歩道橋の上で女性と争っていたのは特異体型の男でした」と証言しても、警察がそれをきみではなく私だと判断するように誘導する作戦だ。

そのために怪文書を送り付け、同時に現実をベースにした文書Ⓐを書き綴った。そうして私を自殺に見せかけて殺し、私のパソコンに文書Ⓐのデータを移植すれば仕込みは完了だ。私が遺した文書として、これは警察も大いに参考にするだろう。それを見越して文書Ⓐにはきみのアリバイが立証される細工など、色々と細かい工夫が盛り込まれている。警察の捜査が進めば、二人の被害者と特異体型者が会っていたのを目撃していた人も見つかるかもしれない。文書Ⓐで思考誘導されている警察は、それがきみではなく私だと勘違いするだろうね。こうして私、冷泉彰成がすべての事件の犯人だと結論づけられる、という段取りだ。

こうしてきみの計画は完遂する。

ああ、ちなみに、文書Ⓐに書いてあった高校時代のエピソードね。ほら、あの、学校一可憐な美少女にこっぴどくフラれた話。あれはきみ自身の体験だったんじゃないのかな。私にはあんな悲惨な思い出はないからね。文書Ⓑではあの経験が人格が歪む原因になったと分析しているけれど、あれもきみ自身の自己分析にすぎないんだろう。嫌な過去をああして文章に書くことで昇華して、無様《ぶざま》な体験を私に押し付けて過去と決別しようとしていた。そうじゃないのか。

さあどうだい、私の解決編は。どこか間違っているかな、久高くん」

長い長い一人語りを私が終えると、突然、久高は立ち上がり、

「うわあああああっ」

と、叫んでこちらに突進してきた。

全身のたるんだ肉をぶるんぶるんと揺らしながら、我武者羅《がむしやら》に突っ込んでくる。

しまった、特異体型の久高は後ろ手に縛ろうとしても肩周りの肉が邪魔で腕が背中に回らない

から、手を前で縛っていたのが徒《あだ》になった。拘束していたロープを歯で強引に解いて、ヤケクソで飛びかかってきたのだ。

「うるさああい、黙って聞いてりゃ勝手なことをべらべらと、やかましいやかましいやかましいやかましいっ」

私に体当たりを喰らわせながら久高は叫んだ。どうやら最後に話した高校時代の一件は、踏んではいけない虎の尾だったらしい。私がうっかり地雷を踏んでしまったので、久高は激高したようだ。

「黙れ黙れ黙れっ、いい気になって喋りやがって、探偵気取りかっ、この野郎っ、お前だってこんなぶよんぶよんの体してるくせに、ちくしょうちくしょうちくしょうっ」

両腕を振り回し、大暴れで久高は怒鳴る。

仕方なく応戦して、私は殴りかかってくる久高に組み付く。逃げ場はない。こうなったら真っ向勝負だ。

私は正面から久高の体にむしゃぶりついた。

「というわけで、襲いかかってきた久高を、私は颯爽《さっそう》と抑え込んだ。そこへちょうど茂手木さん達、刑事一行が駆けつけてきたってわけさ。私はこう、上から押さえつけてね、久高が身動き取れないようにして。そうやって警察の手に引き渡したんだ」

太平洋出版の編集者、渡来紗央莉は、何度も聞かされた武勇伝をまた聞かされていた。

冷泉彰成の仕事部屋のソファに向かい合わせに座り、いつもの打ち合わせの合間のことである。

冷泉には同じ自慢話を繰り返し聞かされている。連続殺人事件の犯人を自ら取り押さえたというのが、冷泉は自慢でならないらしい。鼻の穴を広げて興奮しながら、何度も何度も同じ話をする。ふんぞり返った態度で、どうだ凄いだろうといいたげな表情を隠そうともしない。耳にタコができそうだ。

ただし冷泉が語る手柄話は、事情聴取の際に刑事から聞いた話と若干の齟齬がある。

いや、随分違っているなあ、と繰り返し聞かされるたびに渡来は思うのだ。

茂手木刑事達の話によると、彼らが到着した時に目撃したのは、160kgと180kgの総体重340kgの二人が取っ組み合い、組んずほぐれつもつれ合う場面だったという。その様子は、さながら両国国技館《りょうごくこくぎかん》の千秋楽《せんしゅうらく》結びの一番のごとき様相であったという。

注
この物語はフィクションです。

登場人物、団体等は実在のものとは一切関係ありません。

本書は書下ろしです。

また、この作品のタイトルは都筑道夫『猫の舌に釘をうて』にインスパイアされたものです。

あなたにお願い

この本をお読みになって、どんな感想をお持ちでしょうか。次ページの「100字書評」を編集部までいただけたらありがたく存じます。個人名を識別できない形で処理したうえで、今後の企画の参考にさせていただくほか、作者に提供することがあります。

あなたの「100字書評」は新聞・雑誌などを通じて紹介させていただくことがあります。採用の場合は、特製図書カードを差し上げます。

次ページの原稿用紙（コピーしたものでもかまいません）に書評をお書きのうえ、このページを切り取り、左記へお送りください。祥伝社ホームページからも、書き込めます。

〒一〇一―八七〇一　東京都千代田区神田神保町三―三
祥伝社　文芸出版部　文芸編集　編集長　金野裕子
電話〇三（三二六五）二〇八〇　www.shodensha.co.jp/bookreview

切りとり線

◎本書の購買動機（新聞、雑誌名を記入するか、○をつけてください）

＿＿新聞・誌の広告を見て	＿＿新聞・誌の書評を見て	好きな作家だから	カバーに惹かれて	タイトルに惹かれて	知人のすすめで

◎最近、印象に残った作品や作家をお書きください

◎その他この本についてご意見がありましたらお書きください

100字書評

猫の耳に甘い唄を

住所
なまえ
年齢
職業

倉知淳（くらちじゅん）
1962年静岡県生まれ。日本大学芸術学部演劇学科卒業。94年『日曜の夜は出たくない』でデビュー。97年『星降り山荘の殺人』で第50回日本推理作家協会賞（長編部門）候補。2001年『壺中の天国』で第1回本格ミステリ大賞を受賞。主な作品に「猫丸先輩」シリーズ、『豆腐の角に頭ぶつけて死んでしまえ事件』『世界の望む静謐』『恋する殺人者』『死体で遊ぶな大人たち』など多数。

猫《ねこ》の耳《みみ》に甘《あま》い唄《うた》を

令和6年12月20日　　初版第1刷発行

著者——倉知《くらち》 淳《じゅん》

発行者——辻　浩明

発行所——祥伝社《しょうでんしゃ》
〒101-8701 東京都千代田区神田神保町3-3
電話 03-3265-2081（販売） 03-3265-2080（編集）
03-3265-3622（製作）

印刷——堀内印刷

製本——ナショナル製本

ISBN978-4-396-63672-2　C0093
祥伝社のホームページ・www.shodensha.co.jp